BoD – Books on Demand, Norderstedt

Die Autorin
Karin Goller lebt und arbeitet im Großen
Lautertal auf der Schwäbischen Alb. Mit
dem hier vorliegenden Roman hat sie sich
einen langjährigen Traum erfüllt. Sie ist
auch eine leidenschaftliche Gärtnerin.

Bibliographische Information der Deutschen
Nationalbibliothek
Die Deutsche Nationalbibliothek verzeichnet diese
Publikation in der Deutschen Nationalbiographie,
detaillierte bibliographische Daten sind im Internet
über http://dnb.d-nb.de abrufbar

© Karin Goller 2016
Coverdesign, Herstellung und Verlag
BoD - Books on Demand, Norderstedt
ISBN 978-3-8482-1965-0

Karin Goller

Julia -

eine

bemerkenswerte Frau

Julia – eine bemerkenswerte Frau

Liebe auf den ersten Blick?
Wie ein Blitz durchzieht es Julia, als sie
Robert auf dem Tennisplatz begegnet.
Robert schaut in diese himmelblauen
Augen und ist verloren.

Julia wirft strahlend beide Hände in die
Höhe und jubelt: „Gewonnen."
Helen erwidert: „Ich fordere Revanche."
Lachend und fröhlich verließen beide den
Platz, um auf die Terrasse zu gelangen.

Robert hatte die beiden Tennisspielerinnen
nicht aus den Augen gelassen. Wie ein Blitz
durchzog es Julia, als ein Mann ihre
Aufmerksamkeit erregte. Lässig an das
Geländer gelehnt, schaute er ihnen
aufmerksam entgegen. Er war etwa einen

Meter achtzig groß, schlank und seinem
Blick schien nichts zu entgehen.
Das Blut pulsierte schneller in seinen
Adern. Auf diese Begegnung war er nicht
vorbereitet.
Mit halbgeschlossenen Augen beobachtete
er, wie sein Freund Alexander die schönen
Frauen mit einem liebevollen Kuss auf der
Wange begrüßte.

„Julia," so stellte er sie vor.
„Mein Studienkollege Robert.
Robert, Helen kennst du ja schon."
Robert verbeugte sich leicht, trat dicht an
Julia heran, hielt ihre Hand und fühlte das
kaum merkliche Zittern. Er sah sie an und
verlor sich in diesen himmelblauen Augen.

Eine feine Röte überzog Julias
sonnengebräuntes Gesicht. Sie hatte schon
von Robert gehört.

Robert bewunderte Julia, die sich ihrer
Schönheit gar nicht bewusst schien. Grazil
nahm sie an der Seite ihres Bruders Platz.

Als hätte sie die Blicke Roberts gespürt,
schaute Julia zu ihm, genau in seine
bewundernden Augen.
Julia schüttelte ihre blonden Locken. Blaue
Augen sahen ihn prüfend an. Lange
wohlgeformte Beine steckten in kurzen
weißen Shorts. Unter dem weiten Shirt
erahnte er ihren wohl gerundeten Busen.

Was für ein Mann, dachte Julia
bewundernd und fühlte sich, wenn auch
ungewollte, zu Robert hingezogen. Seine
kraftvolle männliche Ausstrahlung wirkte
geradezu unwiderstehlich auf sie.
Ihre Blicke trafen sich. Was war nur los mit
ihr? Warum wurde sie so unruhig? Sie war
sicher, dass sich unter seiner legeren
Tenniskleidung ein muskulöser Körper
verbarg. Seine Stimme war klar und tief,

aber so sinnlich, dass eine Gänsehaut ihren ganzen Körper überzog, und seine unglaublich blauen Augen raubten ihr den Atem.

Er zeigte unverhohlen sein Interesse. Es war, als würde er sie hypnotisieren. Wusste er, was in ihr vorging? Spürte er es?

Julia zog ihn sofort in seinen Bann. Dass er Eindruck auf sie machte, daran zweifelte er keinen Moment. Dies drückte sein mehr als deutliches Lächeln aus.

Schnell sah sie zur Seite, doch sie spürte immer noch seinen intensiven Blick wie eine Liebkosung.

Absolut lächerlich, denn sie hatte nicht vor, ihn an sich heranzulassen.

Leicht verärgert über sich selbst, schob sie den Stuhl weiter an den Tisch.

Sie wollte einen gewissen Abstand zu Robert waren. Das tiefschwarze Haar trug er etwas zu lang. Hohe Wangenkochen betonte das markante Gesicht.

Beeindruckend waren auch seine breiten
Schultern. Schultern, an die man sich
anlehnen möchte. Er war ein gefährlich
attraktiver Mann. Ihr Herz schlug plötzlich
schneller. Unter ihren langen schwarzen,
gesenkten Wimpern, warf Julia ihm einen
verstohlenen Blick zu.
Sein bewundernder Blick haftete an ihren
roten, vollen Lippen, die er gerne küssen
würde.
Was war nur los mit ihm? Er kannte viele
Frauen, doch keine, die in so kurzer Zeit,
einen so inneren Aufruhr in ihm entfachen
konnte. Er war eindeutig erregt, doch sein
gesunder Menschenverstand warnte ihn
davor, mit dem Feuer zu spielen. Julia war
die Freundin Alexanders.

„Hallo Robert, komm zu uns an den
Tisch", rief Helen ihm zu.
Sie stellte die Anwesenden vor und sagte
dann zu Julia: „Robert ist ein gefragter

Steuerberater. Er hat in der Stadt seine
Kanzlei."
Zu Robert gewandt: „Julia hat in der
letzten Woche ihr Examen als Ärztin
bestanden. Wenn du einmal krank bist,
vertraue dich ihr an."

Alle lachten und das Eis war gebrochen.
Lebhaft diskutierten sie weiter. Nur Julia
war auffallend ruhig. Ihr Herz schlug
plötzlich schneller und sie wagte nicht,
Robert anzuschauen. Das also ist der
geheimnisvolle Freund von dem Alexander
erzählt hatte.

„Am Wochenende ist im Clubhaus
Frühlingsfest. Ich denke, wir sollten
hingehen. Meinst du nicht auch?" fragte
Alexander Robert.
„Ja, natürlich", antwortete Robert etwas
zerstreut.

Robert wusste, auf diese Frau habe ich gewartet.

Langsam fuhr Julia durch die breite Allee. Ein vorwitziger Sonnenstrahl zeigte ihr den Weg zu ihrem Bungalow, den sie vor kurzem gemietet hatte. Sie öffnete die Tür und stand in einem sonnendurchfluteten Raum mit weiß getünchten Wänden. Große Fenster gaben den Ausblick in den Garten frei. Sachte bewegten sich die Gardinen. In Tontöpfen gediehen Blumen in Hülle und Fülle. Julia trat auf die Veranda. Das kristallklare Wasser des Pools lud zum Schwimmen ein. Dann schweifte ihr Blick weiter. Hinter der weiten, hügeligen Rasenfläche sah sie auf den Fluss. Einige Segelboote wiegten sich im Wind.
Ihr Herz klopfte unregelmäßig, als sie daran dachte, dass sie Robert am Samstag wiedersehen würde.

Julia wählt ein sehr romantisches Kleid in zartem Hellblau. Über das Oberteil mit den Spaghettiträgern zog sie einen knappen Bolero.
Noch die kleinen Perlenohrringe und einen letzten prüfenden Blick in den Spiegel. Als sie in die Sandalen schlüpfte, klopfte es an ihrer Tür.
„Darf ich hereinkommen, Julia?"
Helen steckte ihren Kopf zur Tür herein.
„Oh, du siehst bezaubernd aus!"
Lächelnd drehte Julia sich um.
„Du aber auch."

Das verträumte Chiffonkleid in Lavendel passte bestens zu Helen. Nicht zum ersten Mal fragte sich Julia, wo die zarte Helen die Durchsetzungskraft fand, um als OP-Schwester immer gut gelaunt zu sein.
„Es ist schön, dass wir ein paar Tage miteinander verbringen", sagte Helen.
„Wann hatten wir zum letzten Mal zusammen frei?", seufzte sie leicht auf.

„Komm, dann lass uns jetzt fahren."
Lachend hängte Julia sich bei ihr ein.
Frühlingsfest des Tennisclubs, so die
Vorgabe für den Catering.
Die Tische waren mit weißen Tischdecken
geschmückt. Das Geschirr zierte ein
Muster mit Frühlingsblumen. Kleine
beerenfarbige Ton Vasen waren mit weißen
Tulpen gefüllt; passende dicke Kerzen
verbreiteten einen gemütlichen Schein.
„Hm, sieht gut aus."
Julia ging durch den Raum, um alles zu
überprüfen. Sie holte für Helen und sich
ein Glas Wein.

In der Terrassentür stand plötzlich
Alexander, die Hände tief in die Taschen
seiner dunklen Hose gesteckt.
Julia und ihr Bruder hatten wenig
Ähnlichkeit miteinander.
Jetzt wandte Alexander Helen seine
Aufmerksamkeit zu. Im Augenblick
standen sie sich allein gegenüber. Helen

betrachtete sein Profil, und wieder fühlte
sie das Prickeln, aber sie ignorierte es.
„Klasse", dachte Alexander, „und
intelligent."
Einen Augenblick ließ er den Blick auf
ihren weichen, vollen Lippen haften. Und
bevor Helen nachdenken konnte, zog er sie
an sich und küsste sie. Sie hielt den Atem
an, doch er gab sie sofort wieder frei.
„Wir könnten morgen zusammen Tennis
spielen. Hast du Lust?", fragte er beiläufig.

Innerhalb kürzester Zeit füllte sich das
Clubhaus. Stimmengewirr und fröhliches
Lachen drang durch die weit geöffneten
Terrassentüren.

Robert überquerte gerade die Terrasse, als
er Julia erblickte. Als sei sie eine Skulptur,
so bewundernd schaute er sie an. Ihre
Augen hatten das gleiche strahlende blau
wie der Sommerhimmel, ihre weichen
Lippen luden zu Küssen ein.

Es waren sehr heftige Gefühle für sie, die ihn nicht mehr losließen. Er begehrte sie in einer Weise, die ihn selbst überraschte und in ihm den Wunsch weckte…

Ja, wonach? Am liebsten würde er sie in die Arme nehmen und sei an einen Ort bringen, wo er…

Julia war genau richtig. Ihre Taille so schmal, das er sie mit den Händen umfassen konnte, ihre Hüften gerundet, ihre Beine lang und schlank und erst ihre Brüste. Allein der Gedanke, ihre Brust zu streicheln und zu küssen. Robert seufzte. Entweder er war verrückt oder auf dem besten Weg sich Hals über Kopf zu verlieben.

Liebe auf den ersten Blick? Er schüttelte den Kopf. Unsinn.

Zu seiner schwarzen Hose trug Robert ein schwarzes Hemd, am Hals lässig geöffnet. Dieser Aufzug ließ ihn irgendwie

gefährlich aussehen. Er verharrte
regungslos und nahm dabei gleichzeitig
jedes Detail in sich auf. Noch einmal ließ
er den Blick über Julia gleiten.
Dabei hatte sie das Gefühl, das er sie bis
auf die Haut auszog. Hitze überflutete
ihren Körper. Ihre Reaktion auf seine
Berührung war seltsam, als er den Arm um
ihre Schultern legte. Seine sexuelle
Anziehungskraft spiegelte sich in ihren
Augen wieder. Überrascht trat sie einen
Schritt zurück, denn sie konnte in seiner
Nähe kaum noch atmen.

In diesem Augenblick trat eine sehr aparte
Frau auf Robert zu. Ihr silberblondes Haar
trug sie kurz und eng um ihr Gesicht
geschmiegt.
„Hallo Robert", rief sie erfreut und
streckte ihm beide Hände entgegen.
„Ihr beide kennt euch offensichtlich
bereits."

Julia wandte sich jäh ab.
„Gehen Sie nicht weg", bat er.
Nur kurz unterhielt sich Robert mit der
jungen Frau, dann wandte er sich wieder
Julia zu.

Ihre Blicke trafen sich. Julias Atem ging
flach, ihr Herz raste. Dieser intime
Moment, als sie einander schweigend in die
Augen sahen, war das Aufregendste, das sie
je erlebt hatte. In diesem Augenblick zählte
nur noch Robert. Hätte er jetzt ihre Hand
genommen und sie weggeführt, wäre sie
ohne zu zögern mit ihm gegangen.
„Ich fühle, wie es ein wird, dich in den
Armen zu halten, und ich weiß, wie
leidenschaftlich du reagieren wirst."
Seine Stimme war angespannt und rau.
Was ist nur in mich gefahren, fragte sich
Robert. Seine Augen schauten sie mit
grenzenloser Sehnsucht an. Sein Verlangen
nach ihr wurde so stark, dass er es kaum

zügeln konnte. Warum brachte er seine
Gefühle nicht unter Kontrolle.
Er sah, wie sie vor Erregung erschauerte,
und sofort reagierte sein Körper und er
konnte doch nichts dagegen tun. Keine
Frau hatte jemals in der Öffentlichkeit eine
solche Wirkung auf ihn gehabt.

Julia hielt den Atem an, als sie den
Ausdruck brennenden Verlangens in
Roberts Augen sah. Verzweifelt suchte sie
nach einem unverfänglichen Thema.
„Lass uns gehen."
Er reichte ihr die Hand.

Julia versuchte ihre aufgewühlten
Emotionen unter Kontrolle zu bringen. Sie
konnte es nicht fassen, dass sie um ein
Haar mit Robert gegangen wäre. Mit einem
Mann, den sie doch erst kennengelernt und
von dem sie nichts wusste. Sie floh
förmlich ins Clubhaus.
Leises Lachen begleitete sie.

Im Augenblick ging sie mit niemandem,
obwohl sie im Alter von sechsundzwanzig
Jahren mehrere Freunde gehabt hatte.
Noch nie hatte sie einen Mann wie Robert
getroffen. Er strahlte eine erotische
Anziehungskraft aus, die sie nicht
ignorieren konnte.

Doch es gab einen, den sie zu lieben
glaubte. Die Vergangenheit holte sie
schmerzlich ein.
Sie arbeitete im Krankenhaus als
Assistenzärztin und verliebte sich in Mark.
Doch er spielte nur mit ihren Gefühlen,
hatte sie zutiefst verletzt. Er verließ sie
dann ohne Abschied, warf seine Stelle als
Arzt einfach hin, hinterließ keinen Brief
und keine Erklärung.

Julia betrat das Hotel, ging weiter zum
Speisesaal.

„Einen Tisch, Madam? Ich bedaure, aber
wir sind ausgebucht, ein Kongress",
erklärte ihr der Oberkellner leise.
„Aber ich wohne im Hotel, ich gehöre zu
den Kongressteilnehmern", protestierte
Julia.
Doch der Ober hob nur bedauernd die
Schultern.

Julia wandte sich enttäuscht ab, da wurde
sie am Arm zurückgehalten.
„Ich habe einen Tisch bestellt. Möchten
Sie nicht mit mir zu Abend essen?"
„Oh nein! Ich wollte bestimmt nicht."
„Aber ich", sagte er sanft.
„Na gut, im Hinblick darauf, dass Sie auch
an dem Kongress teilnehmen, " stimmte
sie zögernd zu.
Sie verlebten einen angenehmen Abend.
„Gute Nacht. Es war schön."

An der Hoteltür blieb er stehen, streichelte
ihre Wange und beugte sich zu ihr. Sanft

berührte er ihre Lippen mit den seinen. Sie schloss die Augen, lehnte sich seufzend an ihn. Während er den Kuss vertiefte, zog er sie näher an sich. Verlangen erwachte in ihr. Sie schlang die Arme um seinen Nacken, schmiegte sich an ihn und erwiderte ungehemmt seinen Kuss.

So fing alles an.
Sie wurden unzertrennlich. Beide liebten Tennis und Skifahren. Doch dann verließ er sie ohne Abschied.

Julia trat wieder hinaus auf die Terrasse. Tief atmete sie die frische Nachtluft ein. Das Mondlicht schimmerte durch die Blätter. Die Blumen verströmten ihren leichten Duft. Sie ging die Stufen hinab in den angrenzenden kleinen Garten. Fröhliches Lachen durchdrang die Nacht und die Tanzmusik drang leise zu ihr hinunter.

Langsam nahm sie in einem der bequemen
Korbstühle Platz. Seufzend dachte sie, ich
bin schon wieder überkritisch. Ich wünsche
mir einen zärtlichen, intelligenten Mann,
mit dem ich herrlich lachen kann.
„Wo finde ich ihn?", fragte sie in den
Sternenhimmel hinauf.

Ein Schatten bewegte sich vor ihr.
Erschrocken sprang sie auf. Die schwarze
Kleidung ließ Robert mit der Nacht
verschmelzen.
„Was wünscht du dir denn?", fragte er
leise.
Unvermittelt war er in das vertraute du
übergegangen. Aber sie bemerkte es nicht.

Sie hob die Lider und begegnete seinem
Blick, spürte seine Macht, und sie spürte
auch die Versuchung. Leicht beunruhigt
setzte sie sich wieder.

Robert zog seinen Sessel dicht heran. Er
legte seinen Arm auf die Rückenlehne
ihres Sessels. Julia nahm es kaum war.

Während sie hier draußen schweigend
zusammen saßen, spürte Julia, dass etwas
zwischen ihnen geschah und wusste nicht,
wie sie dem widerstehen sollte. Unablässig
schaute er sie an, während er mit ihrem
Haar spielte. Die Versuchung war
übermächtig.
Sie stand auf, um wieder ins Clubhaus
zurückzukehren, doch er zog sie
entschlossen auf seinen Schoß.
„Ich möchte dich küssen", murmelte er in
ihr Haar.
Sie war zu erstaunt, um etwas anderes zu
tun, als auf seinen gierigen Mund zu
reagieren. Wie von allein schlangen sich
ihre Arme um seinen Nacken. Es blieb
nicht bei dem flüchtigen Berühren. Wer
den ersten Schritt gemacht hatte, wusste
Julia nicht mehr. Blitzschnell vereinten sich

ihre Münder, heiß und hungrig. Sie schmiegte sich eng an ihn, während sie Zunge und Lippen nutzten, um den Kuss zu vertiefen.

Er erkundete alle Geheimnisse ihres Mundes, während sie seinen Geschmack bis zur Neige auskostete, seinen Duft in sich einsog. Seine Hand wanderte ihren Rücken auf und ab, dann hinab zu ihrer Hüfte und über ihren Schenkel. Sie schmiegte sich noch enger an ihn, sie wollte ihn intensiv spüren und als Antwort presste er seine Lippen erneut auf ihre. Mit einem wohligen Seufzer lag sie in seinen Armen. Sie sahen einander stumm an.

Abrupt stand er auf.

„Du gehörst zu Alexander", stieß er zwischen den Zähnen hervor.

Er verließ sie einfach ohne ein weiteres Wort.

Erstarrt und verletzt blieb Julia in dem Sessel sitzen. Was hatte das zu bedeuten?

Hielt er sie für Alexanders Freundin? Hatte
Alexander nicht von ihr erzählt? Nicht
von ihr als seiner Schwester?

Wieder wurden ihre Gedanken von der
Vergangenheit eingeholt.

Ein Telegramm veränderte jäh ihr Leben.
Ihr geliebter Vater war sehr krank, sein
Herz wurde immer schwächer. Seine Beine
versagten ihm den Dienst. Seit längerer
Zeit schon litt er an einer Herzschwäche,
die überwiegend die rechte Herzhälfte
betraf. Dabei wurde das sauerstoffarme
Blut, das von Organen und Geweben
zurück zum Herzen floss, nicht effektiv
genug zur Lunge weitergepumpt. Das Blut
staute sich in den Venen des Körpers
zurück. Die Folgen waren
Flüssigkeitseinlagerungen in den Beinen,
vor allem am Fußrücken und an der
Vorderseite des Unterschenkels. Staute sich
dann das Blut in die Gefäße und von

Magen und Leber zurück, traten
Leberfunktionsstörungen auf. Auch im
Bauchraum sammelte sich Flüssigkeit an.
Bei einer Untersuchung fanden sich aber
bereits Hinweise auf eine verminderte
Herzleistung und bei den Belastungen,
denen er als Arzt ständig ausgesetzt war,
machte sich seine Erkrankung bereits bei
Treppensteigen oder schnellem Gehen
bemerkbar.
Es waren nur noch leichte körperliche
Belastungen ohne Beschwerden möglich.
Bereits eine geringe körperliche
Anstrengung verursachte ihm Luftnot.
Doch eine unverhältnismäßig große
Erschöpfung trat bereits auch im
Ruhezustand auf. Die
Herzrhythmusstörungen könnten im
Kreislaufversagen enden.
Dies alles wusste Julias Vater, doch als
gefragter Landarzt waren ihm seine
Patienten wichtiger.

Julias Mutter sah diesen langsamen Verfall.
Doch wenn sie sagte:
„Du musst kürzer treten", erwiderte er
nur stets:
„Bald ist Alexander soweit, dass er die
Praxis übernehmen kann, dann habe ich
noch so viel Zeit."
Doch diese Zeit hatte er nicht mehr. Er
wusste und er spürte es.

Julia wurde zu Hause erwartet, um die
Praxis zu führen, bis Alexander diese
übernehmen konnte. Er steckte noch in
der Ausbildung zum praktischen Arzt.
Stumm umarmte sie ihren Vater. Er küsste
sie auf die Stirn und sagte mit leiser
Stimme:
„Schön, dass du gekommen bist.
Alexander wird später kommen. Ich muss
mit euch reden."
Tränenblind lief sie in ihr Zimmer.

Hier hatte sich inzwischen nichts
verändert. An den Fenstern hingen noch
die leichten, luftigen Vorhänge, die sich
jetzt im Wind bewegten. Die Steppdecke
aus blauer Seite lag auf dem Bett. Auch ihr
Teddybär schien auf sie gewartet zu haben.
Der Boden war mit einem flauschigen
Teppich ausgelegt. In einer bauchigen Vase
leuchteten ihr Sommerblumen entgegen.
An den Wänden hingen noch die
Aquarelle, die sie früher gemalt hatte.
Malen war neben dem Tennisspielen und
Skifahren eine weitere Leidenschaft.
Julia zog sich schnell aus, um ein Bad zu
nehmen.
Danach kehrte sie auf die Terrasse zurück.
Da es immer noch sehr heiß war, hatte sie
ihre blonden Haare hochgesteckt und ein
langes geblümtes Kleid gewählt. Ihre
Mutter bot ihr ein Glas Eistee an.
Blinzelnd versuchte sie die Tränen zurück
zu drängen, als sie ihren Vater im Rollstuhl
sitzen sah.

„Wie geht es dir?", fragte sie.

„Ich wollte euch nicht beunruhigen, da Alexander noch im Studium steckt und du auch nur bedingt abrufbar bist. Durch die chronische Herzschwäche tragen mich meine Beine nicht mehr und ich werde immer schwächer. Daher der Rollstuhl", sagte er leichthin.

Ihr Vater hatte immer vor Gesundheit gestrotzt, trotz seiner vielen Arbeit als Landarzt.

„Erzähl mir von München", bat er.

„Bist du glücklich in deinem Beruf als Ärztin? Du schreibst oft von einem gewissen Mark, der wohl deine Leidenschaft fürs Tennisspielen teilt", schmunzelte er.

Julia errötete leicht. Ach Mark, fasst hätte sie ihn vergessen.

Die Haushälterin bat zu Tisch. Das Glas Wein, ein blumiger Riesling, stieg Julia, die sonst fast keinen Alkohol trank, leicht zu Kopf.

Die nächsten Tage wurden zur Qual. Sie
mussten mit anschauen, wie ihr Vater
immer mehr verfiel. Mit letzter Kraft bat er
Julia und Alexander zu sich.
„Julia versprichst du mir, dass du die Praxis
leiten wirst, bis Alexander fertig ist?"
Fast versagt ihr die Stimme.
„Natürlich, ich habe mich für ein Jahr im
Krankenhaus beurlauben lassen. Bis dahin
ist Alexander fertig. Ich verspreche es dir."

Sie taten alles, um seine Schmerzen zu
lindern und wachten abwechselnd. Die
letzten Worte richtete er an seine Frau:
„Ich danke dir für unser gemeinsames
Leben, ich habe nur dich geliebt."
Dann schloss er für immer seine Augen.
Ihr Vater wurde auf dem kleinen Friedhof
des Dorfes, in dem er viele Jahre Arzt und
Helfer in der Not für die Bevölkerung war,
beigesetzt.

Julia konnte es nicht glauben, dass ihr
geliebter Vater für immer von ihr gegangen
war.
Mark, der aus München gekommen war,
musste jedoch bald wieder zurück. Auch
Alexander konnte sein Studium nicht
vernachlässigen.

Der Alltag in der Landpraxis ihres Vaters
begann. Eine schwangere Frau war
gestürzt, die Fruchtblase war geplatzt. Die
Wehen kamen regelmäßig im Abstand von
zehn Minuten. Das Kind kam durch den
Sturz zu früh. Blind vor Tränen und
Schmerzen, verkrampfte sich die junge
Frau. Ihr Puls ging schwach.
„Bringt sie in die Praxis", befahl Julia.
Zu ihrer Mutter gewandt sagte Julia:
„Ich habe so etwas noch nie gemacht."
„Ich werde dir helfen", erwiderte diese und
hielt ihr einen weißen Kittel hin.
Julia atmete tief durch. Sie wusste, auf ihre
Mutter konnte sie sich verlassen, denn sie

hatte ihrem Vater als Arzthelferin zur Seite
gestanden.
Immer wieder überwachte Julia die
Herztöne des Ungeborenen. Die Abstände
der Wehen wurden kürzer und die junge
Frau verspürte einen starken Pressdrang.
„Beim Beginn jeder Wehe tief einatmen,
die Luft anhalten, den Kopf auf die Brust
legen und kräftig nach unten pressen",
ermutigte Julia die junge Frau.
Völlig ermattet zwischen den Wehen legte
diese sich zurück, doch eine neue Wehe
ließ sie wieder aufstöhnen. Immer wieder
überwachte Julia die Herztöne. Plötzlich
zeigte sich der Flaum des Köpfchens.
Julia erklärte: „Ich muss jetzt einen
Dammschnitt machen, damit das
Köpfchen herauskommen kann. Dann
nochmals feste pressen."
Nach einigen Presswehen war der Kopf
geboren, Schultern, Rumpf und
Extremitäten folgten nach. Julia konnte die
Nabelschnur durchtrennen.

Sie hielt das Kind ehrfürchtig in ihren
Händen, als nach einer Weile der erlösende,
erste Schrei des Babys kam. Vorsichtig
badete sie das Kind und hüllte es in weiche
Tücher.
„Gratulier zu einem gesunden Sohn", und
sie legte das Baby in die Arme einer
strahlenden Mutter.
Zu ihrer Mutter gewandt sagte sie lächelnd:
„Danke. In diesem Augenblick wurde mir
klar, dass ich mich als Kinderärztin
spezialisieren werde, denn so eine Geburt
ist wie ein kleines Wunder."
„Dein Vater hätte sich sehr gefreut."

Julia und Mark tauschten E-Mails aus,
SMS. Sie telefonierten sooft sie konnten.
Sehnsucht wallte in Julia auf. An einem
freien Wochenende fuhr sie nach
München. Sie hatte ihre Wohnung
aufgegeben, denn nach ihrer Rückkehr
würde sie bei Mark einziehen, dann wollten
sie heiraten.

Leise schloss sie die Wohnungstür auf. Ja, Mark war da. Leises Gemurmel drang an ihr Ohr, dann ein heiseres Lachen. Mark war also nicht allein.
Julia ging den Stimmen nach, die sie ins Schlafzimmer führten.
Ihr Blut gefror ihr in den Adern, als sie Mark und eine Frau in dem breiten Bett vorfand. Sie Situation war eindeutig. Mark fuhr auf, wollte Julia erklären, doch die hatte sich bereits umgedreht und floh aus der Wohnung. Wie hatte sie so dumm sein können, zu glauben, Mark würde ihr ein Jahr treu sein. Die Schwesternschülerinnen himmelten ihn an.
Langsam fuhr sie nach Hause. Ihre Mutter versuchte sie zu trösten, doch nur ihre Arbeit, die Arbeit mit den Kranken, die sie brauchten, lenkten si ab.

Mark rief sie immer wieder auf ihrem Handy an. Doch sobald sie die Nummer erkannte, drückte sie sie weg. Nach einigen

Wochen erfuhr sie von ihrer Freundin Helen, dass Mark kurz fristig gekündigt hatte und als Arzt nach Afrika gegangen war. Sie selbst hörte nie wieder etwas von ihm.

Doch während sie ihre Hausbesuche machte, dachte sie an Mark. Sie sehnte sich nach ihm. Sie dachte an die Tennisspiele, an die Skiausflüge übers Wochenende. Einigen Kindern hatte sie inzwischen auf die Welt geholfen, gebrochene Arme und Beine geschient und in Gips gelegt. Immer assistiert von ihrer Mutter.

Nein, noch war sie nicht bereit für eine neue Liebe. Sie hielt ihre Gefühle im Griff, immer nach vorne sehen, so hatte sie sich ein neues Leben aufgebaut. Ein Leben, wo für einen Mann kein Platz war.
Mit einem gezwungenen Lächeln lehnte sie sich in ihrem Sessel zurück. Sie hörte ihre

eigenen Worte wie durch einen dichten
Nebel. Hatte sie etwa laut gesprochen?

„Ist alles in Ordnung?", fragte Robert, der
wieder zu ihr gekommen war.
Nein wollte sie rufen, gar nichts ist in
Ordnung. Julia versuchte sich zu
konzentrieren, als sie die Besorgnis in
Roberts blauen Augen sah. Augen, in die
sie sich beim ersten Blick verloren hatte.
Sein seidiges Haar streifte ihre Schulter. Sie
spürte seinen Atem warm in ihrem
Nacken.
„Mir ging es schon einmal besser", gab sie
zu.
Sie gingen zurück ins Clubhaus. Die Musik
setzte ein und die ersten Paare begannen
zu tanzen.

„Tanz mit mir, Julia", bat Robert.
Als sie die kleine Tanzfläche betraten, legte
Robert den Arm um sie. Sofort begann ihr
Herz wie wild zu schlagen. Er blickte auf

sie hinunter, lächelte ihr zu. Dann zog er sie noch enger an sich und sie schmiegte sich in seine Arme hinein. Sein Mund streifte wie ein zarter Hauch ihre Wange und er küsste leicht ihren Mundwinkel. Sehnsucht lag in seinem Blick und dieser Blick raubte ihr den Atem. Er schaute auf ihre vollen Lippen. Unbewusst fuhr sie mit der Zunge leicht über die Lippen. Verwirrt trat sie zurück, als der Tanz beendet war.

„Noch etwas Wein?" Der Ober stand abwartend neben ihnen.
„Ja", antworteten beide fast gleichzeitig. Julia wandte sich Robert zu und wollte von ihm wissen: „Woher kennst du Alexander?"
„Wir lernten uns auf der Universität kennen. Jetzt wohne ich hier ganz in der Nähe und wir trafen uns wieder."
Das Knistern zwischen ihnen war deutlich zu spüren, doch Julia versuchte es zu ignorieren. Sie plauderten angeregt. So

erfuhr Robert, dass Julia Ärztin im nahelegenden Krankenhaus war. Sie sprach mit Begeisterung davon.

„Wirst du deinen Job im Krankenhaus aufgeben und mit Alexander zusammen arbeiten?", fragte Robert interessiert.

Er lehnte sich entspannt zurück und genoss seinen Wein. Julia sah ihn verständnislos an.

„Warum sollte ich?", fragte sie. „Ich liebe meine Arbeit."

„Liebst du Alexander?"

„Ich wüsste nicht, dass es dich etwas angeht, Robert. Alexander ist mir sehr wichtig."

Hintergründig lächelte sie Robert an, denn Alexander hatte wohl nicht erwähnt, dass sie seine Schwester war.

„Wenn es dir nichts ausmacht, würde ich jetzt gerne nach Hause fahren", erklärte Julia. „Ich habe morgen einen anstrengenden Tag."

Sie suchte Helen, die ein paar Tage ihr
Gast war.
„Es war mir ein Vergnügen, Ich bin sicher,
wir sehen uns jetzt öfter", versprach
Robert und schaute Julia versonnen nach.

Julia nahm ihre Arbeit im Krankenahaus
wieder auf, nachdem ihr Bruder die Praxis
ihres Vaters übernommen hatte. Sie hatte
ihre Weiterbildung als Kinderärztin neben
der Praxisarbeit abgeschlossen.
Ihre kleinen Patienten lagen ihr besonders
am Herzen, da sie ihre Krankheit so tapfer
ertrugen.
Wie Michaela, eine Dreijährige mit einer
orthopädisch korrigierten Hüftdysplasie.
Obwohl sie in ihrem Bettchen im
Streckverband lag, hatte sich das kleine
Mädchen noch nie beschwert. Sie lachte
jeden an, der sich ihr näherte. Heute
erzählte Julia ihr die Geschichte von einer
Prinzessin, die ihren Prinz am Meer
getroffen hat, von einer Meerjungfrau.

Julia liebte die Kinderstation und erzählte
den Kindern gerne Geschichten. Sie
tauchte mit ihnen in eine Fantasiewelt ein.
Und das strahlende Lächeln belohnte sie
nach einem anstrengenden Tag.
Oder wie Markus, der eine
Knochenmarktransplantation brauchte.
Der kleine Markus wurde mit einer Grippe,
die auch Gelenkschmerzen verursachten,
in die Klinik eingeliefert. Es wurde zuerst
auch eine Lungenentzündung vermutet.
Julia veranlasste eine Blutuntersuchung.
Doch das Ergebnis war niederschmetternd.
Die Blutzellen hatten sich verändert.
Durch eine Gewebeprobe des
Knochenmarks, wurde die Diagnose
erhärtet. Es wurde auch die Art und der
Subtyp der Leukämie bestimmt. Sie sind
wichtig für die Therapie. Darüber hinaus
sind noch andere Untersuchen notwendig,
um festzustellen, ob noch weitere Organe
befallen sind. Es war tatsächlich Leukämie

und nicht wie bis zuletzt gehofft, doch nur
eine Viruserkrankung.
Markus klagte über Müdigkeit. Er bekam
beim Sport häufig blaue Flecken und hatte
Atemprobleme. Das Essen schmeckte ihm
nicht mehr.
Julia erklärte Markus: „Du darfst jetzt
einige Zeit bei uns bleiben. Deine Mutter
kommt so oft sie kann. Doch es sind ja
noch andere Kinder zu Spielen da. Deine
Haare werden ausfallen von der
Chemotherapie und den Medikamenten,
doch die wachsen wieder."
Vertrauensvoll schaute Markus sie an. Sie
begann mit der Behandlung. Ziel war es,
die Leukämiezellen zu vernichten und die
normale Blutzellbildung wieder
herzustellen. Markus war ein ruhiges Kind.
Die Behandlung schlug an. Nach einigen
Wochen konnte er entlassen werden.
Doch nach einem Jahr kam die Leukämie
zurück.

Sie suchten einen geeigneten Spender,
doch es kam wohl nur der leibliche Vater in
Frage. Der war leider nicht aufzufinden.
Hatte sich vor der Geburt einfach
abgesetzt. Soviel hatte Julia schon erfahren.
Ein Aufruf im Fernsehen brachte auch
keinen Erfolg.
Markus Mutter fiel in ein tiefes Loch, war
sie doch alleinerziehend. Sie musste
arbeiten und sollte doch bei ihrem Kind
sein. Es brauchte ihre Nähe. Hoffentlich
würde es für Markus nicht zu spät sein.

Leise trat Julia in Markus Zimmer. Seine
Mutter saß am Bett und schaute aus dem
Fenster. Markus schlief. Die Bange Frage
in ihren Augen konnte Julia immer noch
nicht beantworten. Nein, es war noch kein
Knochenmarkspender gefunden und von
dem Vater fehlte noch immer jede Spur.
Sie unterhielten sich über die nächsten
Schritte, die getan werden mussten, um
Markus das Überleben zu ermögliche.

Nachmittags trafen sich die Kinder, sooft
es Julias Dienstplan erlaubte, im
Spielzimmer. Julia saß dann auf einem
Sitzkissen, umringt von den kleinen
Patienten. Sie erzählte erfundene
Geschichten. Anschließend sangen sie
gemeinsam ein Lied. So verhalf Julia den
Kindern zu einem Krankenhausaufenthalt,
wo sie eine Weile ihre Schmerzen vergaßen.
Auch für die Eltern hatte sie immer ein
offenes Ohr.
„Ihre Tochter wird wohl ein Hörgerät
tragen müssen", erklärte sie gerade einem
Elternpaar.
„Ich werde es ihr erklären", versprach sie.
„Wir müssen nur noch der Schule Bescheid
geben, denn ein Hörgerät macht es
leichter, dem Unterricht zu folgen."
Dann erklärte sie Juliane: „Du darfst ein
Gerät in deiner Lieblingsfarbe nehmen und
kannst es deinen Schulkameradinnen
zeigen."

Juliane war begeistert und hatte für en
Moment vergessen, dass sie ohne Hörgerät
nicht so gut hören konnte.
Nach der Sprechstunde schaute Julia noch
in der Kindernotaufnahme vorbei. Zwei
Krankenschwestern waren damit
beschäftigt, die üblichen Voruntersuchen,
wie Körpergröße, Gewicht, Puls,
Atemfrequenz, Urinprobe zu machen. Es
gab leider immer viel zu tun.

Sie hatte sich mit Helen zum Tennisspiel
verabredet, als unvermutet Robert
auftauchte. Nun saßen sie zusammen auf
der Terrasse und unterhielten sich lebhaft.
Robert wollte sie nicht auf den Platz gehen
lassen, sie stattdessen in die Arme reißen
und küssen. Doch er konnte sie nur bei
Spiel beobachten. Sie hatte ihre Haare zu
einem Pferdeschwanz gebunden. Ihre
langen, gebräunten Beine steckten in
kurzen Shorts und sie trug ein lockeres T-
Shirt.

„Würdest du auch gerne ein Spiel mit Julia
austragen?", fragte Alexander, der
unbemerkt hinter ihn getreten war.
„Wir könnten auch ein Doppel spielen."
Roberts Aufmerksamkeit war so auf Julia
ausgerichtet, dass er Alexander bitten
musste, seine Frage zu wiederholen.
„Entschuldige bitte, was hast du gesagt?"
Alexander hob verblüfft die Augenbraue.
„Ich fragte, ob wir ein Doppel spielen
sollen."
„Alexander, ich denke nicht, dass…",
meldete sich Julia vom Rand des
Spielfeldes.
„Ach komm schon."
Auch Helen sagte: „Du hast doch heute
deinen freien Tag."
Es kam wirklich nicht oft vor, dass sie mit
Helen und ihrem Bruder gleichzeitig frei
hatte. Helen war OP-schwester und auch
ihr Dienst erlaubte es nicht immer,
gleichzeitig mit den Geschwistern

zusammen zu sein. Gerne entspannten sie
sich beim Tennisspiel.

Doch es war einfach so, dass Robert der
Mann war, dessen Anwesenheit Julia nicht
ignorieren konnte. Noch nie hatte sie so
einen Mann wie Robert getroffen. Er
strahlte eine erotische Anziehungskraft aus,
die sie nicht los ließ.
Robert lächelte zu Julia herüber.
„Ist dir bekannt, dass Alexander dir nicht
treu ist?"
„Du doch wohl auch nicht." Ärger schoss
ihr ins Gesicht.
Er sah sie verschmitzt an.
„Du solltest nicht alles glauben."
„Wenn nur die Hälfte stimmt…"
Sein Blick haftete auf ihren leicht
geöffneten Lippen. Robert würde sie
küssen. Wie ein Blitz durchzog sie diese
Erkenntnis.
Seine Arme umfingen sie, er beugte den
Kopf und nahm fordernd ihren Mund in

Besitz. Sie war zu erstaunt, um etwas anderes zu tun, als auf seinen gierigen Mund zu reagieren.

Wie von allein schlangen sich ihre Arme um seinen Nacken. Sein Haar war seidig weich. Sie vergrub ihre Hand in seiner dichten Mähne. Er presste sie an sich, sodass sie jegliche Widerstandskraft verlor. Willig öffnete sie die Lippen.

Robert ließ sie abrupt los.

„Nein", stieß er rau hervor.

Es wurde wohl Zeit, dass Julia diesen Irrtum aufklärte.

„Robert, du solltest wissen, dass Alexander…"

„Ich bin wieder auf dich hereingefallen", stieß er wütend hervor.

Ungläubig schaute Julia ihn an, doch dann sprach sie mit einer eiskalten Stimme:

„Bitte halten Sie sich in Zukunft von mir fern."

Wütend und verletzt wandte sie sich ab,
nur mühsam ihre Tränen zurückhaltend.
Sollte sich denn alles wiederholen? Hatte
sie nichts aus der letzten Beziehung
gelernt?
Sie dachte nur ungern an Mark zurück, der
sie kurz vor der Hochzeit mit einer
Krankenschwester betrogen hatte. Noch
während sie die Praxis nach dem Tod ihres
Vaters für Alexander ein Jahr weiterleitete,
war er plötzlich verschwunden.

Von welcher Wahrheit hatte Julia
gesprochen? Überlegte Robert grüblerisch.
Ich werde nach Hause fahren und mich in
meine Arbeit stürzen, beschloss er. Doch
er wusste genau, Julia würde er nicht aus
dem Sinn bekommen. Das gefiel ihm nicht.
Alexander bedauerte, dass der Freund
schon gehen wollte.
„Auch meine Schwester wird dich
vermissen", sagte er beim Abschied.
„Julia ist deine Schwester?"

„Ja."

Befreit atmete Robert auf. Er ging auf Julia
zu. Starke Männerhände, eine an ihrem
Rücken, die andere an ihrem Nacken zogen
sie näher. Dann spürte sie seine Lippen auf
ihre, warm, fest und erfahren und das gab
ihr das Gefühl, ganz Frau zu sein, wie sie
benommen feststellte. Ganz Frau und sehr
begehrenswert. Robert schob die Finger in
ihr Haar und hielt ihren Kopf, während er
sie küsste. Julia wehrte sich anfangs, atmete
zittrig, doch dann gab sie dem zärtlichen
Drängen seiner Zunge nach, öffnete die
Lippen und erwiderte den Kuss.
„Kannst du mir verzeihen?", flüsterte er
leise in ihr Ohr.
„Ich war eifersüchtig auf deinen Bruder."
Eng aneinander geschmiegt sahen sie sich
verliebt in die Augen.

Julia hielt ihren Wagen kurz vor dem
großen schmiedeeisernen Tor an.

Geräuschlos öffnete sich das schwere Tor,
um sich ebenso zu schließen, als der
Wagen durchgefahren war. Sie fuhr
langsam durch die breite Allee zum Haus.
Sie stieg aus und genoss die Ruhe. Ein
vorwitziger Sonnenstrahl begleitete sie, als
sie die geschwungene Treppe hinauf stieg.
In Tontöpfen gediehen Blumen in Hülle
und Fülle. Weiß getünchte Wände
leuchteten im Sonnenlicht, als sie die
Haustür öffnete. Auch in der großen Halle
standen erlesene Vasen mit üppigen
Blumensträußen.
Die breite Treppe, die in die oberen Räume
führte, war mit einem dicken, roten
Teppich ausgelegt. Unter jeder Stufe
schimmerte eine blank polierte
Messingstande, die den Teppich hielt.
Das Wohnzimmer war sehr geschmackvoll
mit antiken und modernen Möbeln
eingerichtet. Gerade diese Mischung
machte den Raum so gemütlich.
Übergroße Sessel luden zu Verweilen ein.

Auf kleinen Glastischen standen
Kostbarkeiten, die Julia auf ihren Reisen
gesammelt hatte. An den Wänden hingen
wertvolle Bilder. Über den alten Holzdielen
lag ein dunkelrosa Teppich, in dem man
tief versank. Große Fenster gaben den
Ausblick in den Garten frei. Sachte
bewegte sich die Gardine im Wind.
Julia trat auf die Veranda. Das kristallklare
Wasser des Pools lud nach einem
anstrengenden Tag im Krankenhaus zum
Schwimmen ein.
Dann schweifte ihr Blick weiter. Hinter der
weiten, hügeligen Rasenfläche sah sie auf
den Fluss, auf dem sich einige Segelboote
leicht im Wind wiegten. Sie liebte dieses
Haus, das einst ihren Großeltern gehörte.

Gleich würde Robert sie abholen. Schnell
trat sie noch einmal vor den hohen Spiegel
in ihrem Schlafzimmer. Noch einmal strich
sie mit der silbernen Bürste durch ihre

Locken, die sich über ihre Schultern
ergossen.
Sie trug ein dunkelblaues Kleid, welches
die feinen Linien ihres Körpers betonten.
Der Gürtel war mit kleinen
Sarowskisteinen besetzt, die im Licht leicht
aufleuchteten.
Sie öffnete die Tür. Galant überreichte
Robert ihr eine rote Rose. Er sah großartig
aus. Mehr zu denken war sie nicht
imstande. In seinen Augen lag dieses
angedeutete Lächeln, in das sie sich gleich
verliebte.

Das Restaurant, das er ausgesucht, lag in
einer herrlichen Gebirgslandschaft, nur
wenige Autominuten entfernt.
Robert stellte ein vorzügliches Menü
zusammen. Diskret und aufmerksam von
dem Ober bedient.
Julia warf Robert einen erstaunten Blick
zu, als der Ober eine Flasche Champagner
vorab servierte.

„Du hast hoffentlich nichts dagegen?"
Er warf ihr einen betörenden Blick zu.
Die Speisen waren genauso exquisit wie
der Champagner. Lebhaft unterhielten sie
sich während des Essens. Im Hintergrund
spielte leise Musik.
Robert liebte wie sie Tennis und Skilaufen,
außerdem trafen beide den gleichen
Geschmack bei Büchern und Filmen.
Mit den Fingerspitzen strich er ihr übers
Handgelenk und spürte wie sie erzitterte.
Ihr Pulsschlag beschleunigte sich und eine
leichte Röte überzog ihr Gesicht.
„Es ist schon spät."
Julia entzog ihm ihre Hand.
Während sie zurückfuhren entspannte sie
sich ein wenig.

Im Mondlicht sah sie sein Gesicht und sein
intensiver Blick verursachte ihr wildes
Herzklopfen. Sie blickte zu Robert auf, sah
den Ausdruck von Verlangen in seinen
Augen. Leicht nahm er sie in seine Arme.

Sein Mund streifte ihr Ohrläppchen, er
knabberte zärtlich an ihren Lippen. Dann
presste er überraschend seinen Mund auf
ihre halbegeöffneten Lippen, an denen er
noch die Spuren des Champagners
schmeckte.
In ihrem Kopf drehte sich alles. Und
wieder neigte er langsam den Kopf, suchte
ihren Mund mit seinem. Sie wagte kaum zu
atmen, um den Zauber des Augenblicks
nicht zu zerstören.
„Du machst mich ganz wild, ich möchte
dich jetzt und hier lieben", raunte er ihr ins
Ohr.
Seine Hände wanderten über ihren Körper,
er erkundet mit den Lippen jeden
Zentimeter ihres Gesichts, um doch immer
wieder zu den leicht geöffneten Lippen
zurück zu kehren.
Das Blut pulsierte in ihren Adern und die
Bilder in ihrem Kopf wurden immer
verlockender. Sie wollte von ihm berührt
werden und schmiegte sich noch enger an

ihn. Jetzt war sie es, die vor Verlangen
aufseufzte. Er rang um Fassung, denn
seine Beine gehorchten ihm plötzlich nicht
mehr.
Robert umfasste ihre Brust und rieb sanft
mit dem Daumen über die harte,
aufgerichtete Knospe. Er schien zu erraten,
was in ihr vorging, legte die Hände um ihre
Hüften und massierte sie mit sanften
Bewegungen. Bebend vor Erregung lehnte
sie gegen die Haustür. Robert streichelte
jeden Zentimeter ihres Körpers. Nur ganz
leicht berührte er sie zwischen den
Schenkeln und ein Schauer durchlief sie.
Er nahm ihre Hand und legte sie an seinen
Körper und Julias Atem ging schneller.
Was sie unter ihren langen, schlanken
Fingern spürte, übertraf bei weitem ihre
Fantasie. Sie schloss die Augen und
versank in Leidenschaft. Nie hatte sie so
etwas für möglich gehalten. So plötzlich,
so heiß, verzehrte sie brennendes
Verlangen. Julia wollte ihn festhalten, doch

sie senkte die Arme. Sie konnte nicht
erklären, was mit ihr geschah.
Plötzlich sahen sie die Scheinwerfer eines
Wagens, der am Grundstück vorbeifuhr.
„Julia, ich war genau so wenig auf das
vorbereitet, was da eben zwischen uns
passiert ist."
Verlegen schüttelte er den Kopf.
„Hast du morgen schon etwas vor?", fragte
Robert unvermittelt.
„Nein, nicht direkt."
„Dann hole ich dich morgen früh ab."

Später, als sie in ihrer Wohnung war, allein
und sicher, redete sie sich ein, erleichtert zu
sein – und nicht etwa enttäuscht.

Julia ist eine schöne, faszinierende Frau.
Sie sitzt auf der Terrasse und beobachtet
die vorübergleitenden beleuchteten Boote.
Der Gedanke, dass sie Robert morgen
wieder sehen sollte, machte sie glücklich
und sie verlor sich in romantischen

Träumen. Es gab nur den Mondschein.
Sein Licht umschmeichelte sie. Die
Gardinen bewegten sich leicht im Wind, als
er sie ins Schlafzimmer trug. Vor dem Bett
stellte er sie sanft auf die Füße. Ihr blondes
Haar schimmerte wie Gold und fiel in ihr
Gesicht. Aus ihren blauen Augen sah sie
ihn ruhig an, ohne ihn aus den Augen zu
lassen. Behutsam schob er mit den
Fingerspitzen ihr Kleid von den Schultern.
Ein Zittern durchlief sie. Seine Hand
streichelte zärtlich ihre Brust. Sein Mund
streifte ihren Hals und berührte ihre
empfindsame Haut. Sie bekam vor
Erregung kaum noch Luft und ließ sich
von seiner Begierde hinreißen. Behutsam
legte er sie aufs Bett. Dann hob er den Fuß
an seinen Mund.
„Du willst doch wohl nicht? Oh."
Sie ließ sich zurücksinken. Seine Zunge
und seine Zähne liebkosten sie, strichen
rau über ihren Knöchel hinweg. Er schob

seine Hand sanft hoch bis zu ihrer Hüfte
und arbeitete sich an ihr empor.
Die Luft, die durch die geöffnete Tür
hereinwehte, war plötzlich zum Ersticken
schwer. Sie bekam vor Erregung kaum
noch Luft. Ihre Haut prickelte. Nie zuvor
hatte sie jemand so berührt. Plötzlich
nahm er gierig die Quelle ihrer feuchten
Hitze in seinen Mund. Doch noch immer
war es nicht genug. Mit seinen Händen
trieb er sie noch weiter, bis sie sich ihm
entgegenschob. Er sah ihr tief in die
Augen und strich zärtlich über ihr Haar.
Sanft neigte er den Kopf und strich mit
der Zunge leicht über ihre Brustwarze.
Neues Verlangen breitete sich in ihr aus.
Dann griff sie zu seiner Männlichkeit und
es baute sich eine beinahe unerträgliche
Spannung in ihm auf. Sie bot ihm ihren
Mund, verschmolz mit ihm und passte sich
seinen harten, schnellen Stößen an.
Später lag sie weich in seinen Armen,
lehnte ihren Kopf an seine Schulter und

legte ihre Hand auf seine Brust. Sie
verschränkten die Hände ineinander, als
wollten sie sich nie mehr loslassen. Es gab
nur noch sie beide. Es war eine magische
Nacht. Verwirrt erwachte sie eine Weile
später.

Wieder einmal saß sie in ihrem geliebten
Ohrensessel auf der Terrasse.
Sie dachte an ihre Eltern, ihren Bruder
Alexander, an eine unbeschwerte Kindheit.
Daran, dass ihre Eltern sie immer und
auch bei ihrem Studium unterstütz hatten.
Ihr Vater, ein sehr geachteter Landarzt
wurde von ihrer Mutter in der Praxis
unterstützt.
Mit ihrem jüngeren Bruder Alexander ging
sie durch dick und dünn. Sie war mit ihm
auf die Bäume geklettert und oft wurde sie
zuerst von ihrem Vater ärztlich versorgt,
um dann eine kleine Standpauke zu
erhalten.

„Was hätte nur alles passieren können?
Mein kleiner Wildfang", sagte er zärtlich
zu ihr und zog an ihren blonden Zöpfen,
die bei jedem ihrer Schritte lustig hin und
her hüpften. Dann schaute sie ihn mit
ihren himmelblauen Augen schelmisch an,
versprach sich zu bessern, um doch wieder
irgendeinen Unsinn mit Alexander
auszuhecken. So wuchsen sie
unbekümmert und doch behütet von den
Eltern auf.
Alexander und seine Freunde zogen oft an
ihren langen Zöpfen, neckten sie wegen
ihrer Sommersprossen. Beschwerte sie sich
bei ihren Eltern, trösteten diese Julia: „Es
ist auch zu verführerisch."
Revanchieren konnte sie sich beim
Tennisspielen. Flink und gewandt jagte sie
ihre Partner über den Platz.
Alexander arbeitete als Assistenzarzt im
nah gelegenen Kreiskrankhaus. Er würde
die Arztpraxis eines Vaters, der leider viel

zu früh verstarb, übernehmen. Ein inniges Verhältnis verband die Familie.

Ihrem ersten Tagebuch vertraute sie alle kleinen und großen Geheimnisse an. Aufs College gekommen war sie als schlaksiges Mädchen, den Abschluss machte sie als gertenschlanke, grazile junge Frau mit der Leidenschaft zum Helfen. Die Blicke, die auf ihrer eleganten Erscheinung ruhten, genoss sie. In den folgenden Jahren richtete sie ihre gesamten Anstrengungen darauf, Ärztin zu werden, um sich dann als Kinderärztin zu spezialisieren. Julia arbeitete im Krankenhaus, Alexander inzwischen in der elterlichen Praxis.

Heute stand Julia auf der Veranda des Clubhauses. Sie wartete auf Helen. Auf dem Platz spielten Robert und ihr Bruder Alexander. „Wollen wir nachher ein Doppel spielen?" Helen war unbemerkt hinter Julia getreten.

„Ja gerne."
Julia wirkte verlegen, denn sie beobachtete
Robert. Helens Augen suchten Alexander.
Wie mühelos erschien das Spiel der beiden.
Leise seufzte Julia auf. Sie war von Robert
fasziniert, doch das waren alle Frauen hier
auf dem Platz. Jede wollte ihn für sich
gewinnen. Doch er hatte nur Augen für
Julia. Sah er zu ihr hinauf, schmolz sie
dahin wie Schokolade.

Robert wuchs mit seiner Schwester in einer
großen Villa am Stadtrand auf. Das
Grundstück wurde von einer Mauer aus
unregelmäßigen Steinen abgegrenzt. Ein
weißer, geschwungener Kiesweg führte zu
einer breiten Steintreppe.
Überall Blumen und blühende Bäume. Ein
kurz geschnittener Rasen zeugte von
liebevoller Pflege. An der Rückseite des
Hauses spiegelte sich die Sonne im Pool.
Durch eine kleine Pforte gelangte man an
den Fluss.

Viele Familien hatten an diesem schönen
Abend die gleiche Idee. Aus dem voll
besetzten Restaurantgarten, nahe der
kleinen Pforte, drang Musik und der Duft
von gegrilltem Fleisch.
Sehnsüchtig schauten Robert und Petra
von ihrem Zimmer auf die fröhlichen
Menschen. Ihre Eltern hatten ihnen
verboten, durch die Pforte zu gehen.
Sein Vater war als Diplomat ständig auf
Reisen. Die Mutter begleitete ihn. Waren
sie zu Hause, luden sie viele Gäste ein oder
gingen aus. Die Eltern hatten keine Zeit
für ihre Kinder. Dadurch wurden Robert
und Petra schon früh von einer Kinderfrau
betreut. Später kamen sie in ein Internat.
Petra in die Schweiz, Robert nach
Süddeutschland.
In den Sommerferien tollten beide jedoch
übermütig in dem herrlichen Garten
herum. Petra war ein wildes Kind und
hatte viel Mut. Sie kletterte behände auf

Bäume, doch Robert blieb lieber unten und rief:
„Sei vorsichtig."
Robert malte sehr viel mit seinen Buntstiften. Er war für sehr begabt erklärt, also wollte er ursprünglich Maler werden.
Sie hatten sich auch einen Hund gewünscht. Doch dies blieb immer ein Traum.
Seine Schwester war inzwischen verheiratet und hatte einen kleinen Sohn, um den sie sich liebevoll kümmerte. Leider war auch ihr Mann ständig unterwegs.
Heute gesellte sie sich mit Tom zu Julia und Helen.
„Hallo Schwesterherz, wie geht es dir?", rief Robert Petra zu, denn gerade hatten er und Alexander ihr Spiel beendet.
Robert nahm Tom auf den Arm und hob in hoch in die Luft. Der Kleine kreischte vor Vergnügen.
Auch Alexander gesellte sich zu ihnen.

„Spielen wir nachher ein Doppel.", fragte
Helen ihn.
„Gerne, aber erst brauche ich eine Pause.
Robert hat mich ganz schön über den Platz
gejagt."

Robert setzte sich ganz nah zu Julia. Ihre
Knie berührten sich fast. Er sah sie
intensiv mit diesen Saphirblauen Augen an,
sodass sie verlegen den Blick senkte.
„Würdest du morgen mit mir einen
Landausflug machen?" fragte er leise.
Sie merkte, wie sie schwach wurde, doch
gleichzeitig fühlte sie sich so lebendig.
„Ja."
Sie würde mit ihm einen Ausflug machen.
Er lachte. Ein wunderbares Lachen. Tief
aus dem Bauch heraus. Den Kopf hatte er
ein wenig zurückgelegt, seine Augen
funkelten und seine weißen Zähne blitzten.

Pünktlich holte Robert sie am folgenden
Tag ab. Er beugte sich zu ihr herab und

küsste sie zärtlich. Es war ein Spiel mit
dem Feuer, das wusste er, aber er fühlte
sich plötzlich so glücklich, wie lange nicht
mehr. Sie stieß einen tiefen Seufzer aus, als
sie in die weichen Ledersitze glitt, die einen
angenehmen Duft verströmten.
Die Luft war erfüllt vom Fliederduft. Der
Wind sang in den Gräsern und die Vögel
zwitscherten um die Wette. Kleine Dörfer
reihten sich aneinander. Fensterscheiben
blitzten. Rosen reckten sich hinter den
Zäunen hervor. Der Himmel wölbte sich
über ihnen in einem strahlenden blau.
Julia freute sich, diese wunderschöne
Gegend zu sehen, erst recht in Roberts
Begleitung. Tatsächlich fühlte sie sich so
wohl in seiner Gesellschaft, dass sie
glücklich war, einfach nur neben ihm im
Auto zu sitzen. Vor ihren Augen erblickte
sie auf einer Anhöhe einen Landgasthof.
Robert verlangsamte das Tempo.

Er half ihr aus dem Wagen, nahm ihre
Hand und führte sie über den sanft
ansteigenden Rasen.
Es ist wunderschön hier", entfuhr es Julia.

Die Eingangshalle war weit und geräumig
und lud sie zum Eintreten ein.
„Julia, möchtest du ein Glas Wein?"
Fragend schaute Robert sie an.
„Sehr gern."
Nachdem sie ihre Bestellung aufgegeben
hatten und der Wein serviert war, beugte
sich Robert zu ihr hinüber. Sein Blick, tief
und unergründlich, ließ sie nicht mehr los.
„Habe ich dir schon gesagt, dass du eine
bemerkenswerte Frau bist, Julia?"
Sie konnte kaum atmen. Er spürte das
leichte Beben ihres Körpers und es
übertrug sich auf ihn. Sanft nahm er ihr
Gesicht in seine Hände, als experimentiere
er. Seine Augen blieben geöffnet und sie
spürte seine Lippen sanft auf ihrem Mund.

Sie zitterte und spürte, wie ihr Körper
reagierte. Sie begehrte ihn immer mehr, das
wurde ihr in diesem Moment klar.
Sein heftiges Verlangen verwandelte sich in
Zärtlichkeit und in das Gefühl, sie
beschützen zu müssen. Nie zuvor hatte
Julia einen derart schönen Tag verbracht.

Jetzt standen sie auf der Terrasse. Der
Mond spiegelte sich im Pool. Langsam zog
Robert Julias Reißverschluss auf. Nun
stand sie in ihrer seidenen Unterwäsche
vor ihm. Seine Hände liebkosten ihre
Brust. Dann senkte er den Kopf und
umkreiste sie mit seiner Zunge.
Sehnsuchtsvoll schmiegte Julia sich an ihn.
Langsam zog er sie weiter aus, dann
entledigte er sich schnell seiner Sachen.
„Komm mit ins Wasser", bat er leise.
Robert sah ihr tief und hungrig in die
Augen. Dann hob er Julia so hoch empor,
und ließ sie sinnlich an seinem stählernen
Körper hinabgleiten. Das Spiel seiner

Muskeln war beherrscht, als er Julias volles
Gewicht auf sich spürte.

Das Ganze war hocherotisch und
Empfindungen flammten in ihr auf, die bei
ihr bereits den gesamten Tag lang an der
Oberfläche gebrodelt hatten.

Ihr nasses Haar war wild gelockt und
schimmerte wie reines Gold. Sie sah ihn
regungslos an.

„Robert."

Sehnsucht wallte in ihr auf.

Als Robert sie küsste war Julia ebenso
bereit wie er für sie. Sie glitten langsam
unter Wasser, um dann verzweifelt
aufzutauchen, um nach Luft zu schnappen.
Es war ungeheuer erregend, als Robert mit
quälender Intensität Julias schmerzende
Brüste liebkoste. Seine Hände legten sich
auf ihren Po, während er danach jeden
Zentimeter ihres Körpers ertastete. Er
knabberte leicht an ihrer Unterlippe. Doch
auch Julia erforschte ohne Scham mit ihren
schlanken Fingern seinen Körper.

Aufstöhnend riss er sie plötzlich hart an sich. Ihr Herz hämmerte wie wild und sie drängte sich mit ihrem Unterleib heftig an Robert. Eng umschlungen öffnete sich ihr Mund in hungriger Begierde.

Das Verlangen wurde immer größer, ihr schmaler Körper verschmolz mit ihm. Ihre Hüften kreisten, sodass sich ihre Weiblichkeit an ihm rieb.

Stöhnend fuhr sie mit ihren Händen durch sein Haar.

Als sie ihn küsste, war es um ihn geschehen. Er sank in die Knie und das kühle Wasser schlug über ihnen zusammen. Derart mit ihr verschmolzen wollte er sie noch tiefer in sich ziehen. Hinein in eine Welt, wo es weder Luft noch Licht, sondern nur den süßen Schmerz ihres Verlangens gab.

Mühelos hob er sie auf seine Arme und trug sie ins Zimmer zurück. Legte sie behutsam aufs Bett. Seine Mund senkte sich auf ihren, sie legte die Arme um seinen Nacken und erwiderte seinen Kuss mit einer Leidenschaft, die sie nicht einmal erstaunte.

Seine Hand umfasste ihre noch immer schmerzende Brust und er fuhr fort, mit dem Daumen ihre Knospe zu streicheln. Dann wandten sich seine Lippen der anderen Brust zu. Seine Zunge drückt sich in den verräterischen Puls in der Mulde ihres Hals. Sobald Roberts Zunge rau über ihre sensibelsten Zonen fuhr, seine Zähne sanft knabbernd, leise mit dem Mund saugend, gab Julia sich der erotischen Lust des Augenblicks hin. Sie wünschte, es würde niemals zu Ende gehen. Es war eine unglaubliche, einzigartige Erfahrung – etwas, dass sie in diesem Ausmaß bisher noch niemals erlebt hatte.

Am anderen Morgen, nachdem sie sich immer wieder geliebt hatten, erhielt Robert einen Anruf aus dem Krankenhaus.

Bestürzt wandte er Julia sein Gesicht zu
und erklärte:
„Meine Schwester hatte einen Unfall, und
sie können ihren Mann nicht erreichen. Ich
muss zu Tom."
Während Julia den Wagen auf dem
Parkplatz abstellte, lief Robert schon ins
Krankenhaus.
Julia sah zu Robert und Tom und erkannte
die große Liebe zu dem Kleinen.
Ein starker Mann, ein Baby. Ein Haus.
Eine Schaukel im Garten, einen
Sandkasten. Mehr Babys. Und viele
Blumen. Sehnsucht wallte in ihr auf. Sie
sah auf Roberts Mund. Er lehnte sich vor
und küsste sie. Sie schmeckte frisch wie ein
kühler Regen. Julia öffnete die Lippen, um
seinen Kuss willkommen zu heißen, so als
hätte sie schon ihr ganzes Leben darauf
gewartet. Ihr Kuss war nachdenklich, ohne
zögerlich zu sein, sinnlich.

Heute Abend würde Robert sie zum Essen
abholen. Julia trug ihren Mantel über den
Arm, denn es war noch ungewöhnlich kalt.
„Hungrig? Magst du italienische Küche?“,
erkundige sich Robert.
„Ja.“
Wenig Später parkten sie vor einem weißen
Hochhaus. Robert nahm sie an die Hand
und führte sie zu dem Aufzug.
Der würzige Geruch von Tomatensauce
stieg ihr in die Nase. Zögernd trat sie über
die Schwelle. Robert küsste sie leicht. Julia
war verwirrt von seinem Kuss und dem
köstlichen Geruch, der aus der Küche
drang.
„Du hast mir nicht zugetraut, dass ich
kochen kann. Wie steht es mit deinen
Küchenkenntnissen? Du kannst den Salat
anrichten.“
Er hielt ihr ein Glas Weißwein entgegen.
Hinter sich hörte sie wie Robert die
Nudeln in heißes Wasser gab und das Brot
unter den Grill schob.

Vor einem Fenster war ein kleiner
Glastisch, erhöht durch ein Podest,
gedeckt. Trotz der atemberaubenden Sicht
über die Stadt war es ein gemütlich, intimer
Essplatz. Überall brannten Kerzen in
verschiedenen Formen und Größen und
verbreiteten ein warmes, flackerndes Licht.
Während Robert servierte, entspannte sich
Julia. Die Spaghetti hatte er bereits mit der
Soße vermischt. Dazu das Knoblauchbrot.
„Mm", köstlich. Absolut himmlisch."
Robert lächelte sie an – dieses träge, intime
Lächeln, das ihr beinahe den Verstand
raubte.
„Ich bin gleich zurück."
Robert schenkte ihr noch ein Glas Wein
ein. Er kam mit einer Schüssel Erdbeeren
und geschlagener Sahne zurück.
Julia seufzte tief auf. Robert tauchte eine
Erdbeere in die Sahne und hielt sie ihr hin.
Genießerisch öffnete sie ihren Mund.
Doch er verschmierte leicht mit der Sahne
ihre Wange, um sie dann anschließend

zärtlich abzulecken. Julia bewegte sich
nicht, nur ihre Haut reagierte. Robert zog
sie langsam hoch, nahm sie auf die Arme
und trug sie in sein Schlafzimmer.
Hier liebten sie sich wild und
leidenschaftlich.

Einige Wochen später.
„Ist dein Pass noch gültig?", fragte Robert,
nachdem er sie zärtlich begrüßt hatte.
„Ja." Julia schaute verwundert.
„Wohin willst du mich entführen?"
Doch er lächelt nur verschmitzt.
„Wir fliegen nach Paris. Da wolltest du
doch schon immer einmal hin."
Als sie in Paris im Hotel eintrafen und ihr
Zimmer bezogen hatten, stellte Julia sich
an die Fensterfront. Ein herrlicher
Ausblick belohnte sie.
Atemlos stieß sie hervor: „Oh Robert, wie
schön."
Robert legte seine Arme um sie und fragte:
„Möchtest du gleich losgehen?"

Hand in Hand erkundeten sie Paris. Sie unternahmen eine kleine Ausflugsfahrt auf der Seine. Fasziniert liefen sie in der Kunstgalerie umher, wo eine Kollektion von Werken namhafter Impressionisten untergebracht war.

Ging es in Richtung Eifelturm? Robert hüllte sich in Schweigen. Mit dem Lift fuhren sie dann ganz nach oben, von wo sie einen atemberaubenden Blick über die Stadt hatten. Tausende von Lichtern grüßten sie.

„Ach Robert", hauchte Julia leise.

Mit einem anderen Lift fuhren sie zu einem Restaurant.

„Hier werden wir essen."

Auf dem Weg zurück ins Hotel, fragte Robert leise: „Bist du glücklich? Ich glaube, ich habe mich in dich verliebt."

„Ich liebe dich auch, schon vom ersten Blick auf dem Tennisplatz", erwiderte Julia lächelnd.

Ohne Worte zeigte ihr Robert dann seine Liebe.

Julia widmete sich ihren Krankenhauskindern. Einige waren wieder genesen. Doch Markus war immer noch ihr Sorgenkind. Ein Spender war nicht gefunden und die Zeit drängte.

Roberts Kanzlei war inzwischen auch größer geworden. Gespräche mit Mandanten, Mitarbeiterbesprechungen, die Firmen, die geprüft werden mussten. Das alles beanspruchte seine Zeit kompromisslos.
Robert sah auch wie angespannt Julia war. Er schlug vor: „Lass uns für ein Wochenende wegfahren."
Als sie den Wagen auf dem Hotelparkplatz abstellen, entfuhr es Julia: „Robert, das war eine gute Idee."
Sie verbrachten ein wundervolles Wochenende.

Julia schaffte es, den kleinen Dingen des
Alltags helle Freude und Zufriedenheit
abzugewinnen.
Eine Tasse Kaffee in einem Straßencafé,
Händchen halten im Park, dem
Sonnenuntergang mit einem Glas Wein zu
zu sehen. Und sie liebte Blumen über alles.
Sie machte es Robert leicht, sie zu
verwöhnen.

Eines Tages stellte er ihr ein
Orangenbäumchen vor die Tür. Die Blüten
strömten einen verführerischen Duft aus,
passend zur Bedeutung – ewig währende
Liebe. Der Bote überbrachte ihr
Orchideen. Sie wusste auch ohne Karte
wer ihr die Blumen schickte. Die Blumen
sprachen ihre eigene Sprache. – Liebe und
Schönheit. Immer wieder bekam sie
Blumengrüße, immer mit der gleichen
Botschaft – Liebe.

Eines Tages überreichte Robert ihr einen
Strauß langstieliger roter Rosen mit Efeu
verziert.

„Schau einmal zwischen die Rosen", bat er
sie.

Als sie nachschaute fand sie ein kleines
blaues Kästchen.

„Mach es bitte auf."

Ein wunderschöner goldener Ring mit
einer Perle lag darin eingebettet.

„Rote Rosen stehen für ewige Liebe, Efeu
für Treue, Verbundenheit und Ehe", sagte
Robert leise zu ihr.

„Möchtest du mich heiraten?", fragte er
etwas unsicher.

„Hattest du Angst?"

„Ja, hatte ich, weil ich nicht wusste, was du
antworten würdest. Mein ganzes Leben
habe ich auf diesen Moment gewartet.
Überall habe ich nach Liebe gesucht, die
ich als Kind nicht kannte. Jetzt habe ich sie
gefunden. Meine Liebe für dich wird
niemals vergehen, das verspreche ich dir."

Julia küsste ihn zärtlich.

„Ja, auch ich liebe dich, und ich möchte gerne deine Frau werden, aber lass mir ein wenig Zeit", bat sie ihn mit zitternden Lippen.

Sie sah Robert ernst an. Schon einmal hatte ihr ein Mann wehgetan. Sollte sie sich auf ein neues Abenteuer einlassen? Konnte sie Robert vertrauen? Sie wusste es nicht und hoffte es doch so sehr.

Am nächsten Morgen überreichte er ihr eine einzelne rosafarbene Rose. Die geöffnete Blüte sagte ihr: „Ich liebe dich", und die Farbe bedeutete Zärtlichkeit und perfektes Glück.

Er kniete vor ihr nieder. „Ich liebe dich, möchtest du mich heiraten?"

Julia weinte, als sie sagte: „Ja, ich will deine Frau werden."

Zärtlich küsste er ihr die Tränen von den Wangen und steckte ihr den Ring an.

„Komm, wir fahren zu deiner Mutter, mit dem Pfarrer werden wir dann auch sprechen."

Lächelnd schaute Robert Julia an.

Alexander kam aus der Praxis, als er die Neuigkeit erfuhr.

Julias Mutter sagte leise: „Wenn das dein Vater noch erlebt hätte."

Helen sage spontan: „Ich werde die Einladungen schreiben und mich um den Blumenschmuck kümmern."

Julia fragte: Hilfst du mir auch dabei unsere Kleider auszusuchen?"

„Unsere Kleider?"

„Ja, wer soll denn sonst meine Brautjungfer sein?"

Julia umarmte Helen.

Auch Roberts Eltern freuten sich über die bevorstehende Hochzeit, hatten sie doch längst Julia in ihr Herz geschlossen.

„Da ist noch etwas." Robert räusperte sich und wandte sich an Alexander.

„Willst du mein Trauzeuge sein?"

Überrascht schaute er Robert an und sagte
dann: „Ich bin sehr glücklich, dass du mich
ausgewählt hast, ich werde sehr gen dein
Trauzeuge sein.
Der Verlobungstag rückte schnell heran.
Die Familien verstanden sich gut. Es
wurde ein gelungenes Fest.

Doch plötzlich wurde Julia in die Klinik
gerufen. Ein Kind mit Asthma wurde in
die Notaufnahme gebracht. Julia stellte sich
vor und sprach mit den Eltern. Dabei
erfuhr sie, dass bei Ben schon mit drei
Jahren Asthma diagnostiziert wurde.
„Haben Sie ein Inhalationsspray
dabei?" fragte Julia.
Die Frau suchte es vergebens in ihrer
Handtasche. Schnell gab Julia ihre
Anweisungen. Ben wurde an Sauerstoff
angeschlossen.
Um dem Jungen die Angst zu nehmen,
erzählte Julia ihm eine Geschichte.

Als Ben versorgt war, ging Julia zu ihrer Verlobungsfeier zurück.
„Gegen einen Kaffee hätte ich jetzt nichts einzuwenden, aber den Nachtisch möchte ich nicht mehr", erklärte sie.

Danach schien die Zeit zu rasen und dann war auch schon der Tag der Hochzeit da.
Julia jauchzte: „Ich heirate ihn heute. Ich werde wirklich heiraten."
Helen drückte sie an sich und sprach schmunzelnd: „Du strahlst mit der Sonne um die Wette. Doch jetzt müssen wir anfangen, sonst kommst du zu deiner eigenen Hochzeit zu spät."
„Dann lassen wir einfach das Make up weg, aber zu spät komme ich auf keinen Fall."
Eine Stunde später war Helen zufrieden.
„Die Kirche wird fantastisch aussehen", schwärmte Helen.

„Kerzenlicht, Rosen und eine Atmosphäre, wie es sie nur bei einer Hochzeit in einer alten Dorfkirche gibt."

„Außerdem hat Robert dir noch das hier geschickt."

Es war eine einzelne dunkelrote Rose mit einer Karte, auf der Stand: „Ich liebe dich."

Julia lächelte und Helen verdrehte die Augen.

„Ist doch klar, dass er dich liebt, denn in wenigen Minuten werdet ihr heiraten."

Ihre Heirat war ein gesellschaftliches Ereignis.

Zwi Schimmel zogen die Kutsche.

Julia trug ein bodenlanges weißes Kleid. Ihre blonden Haare trug sie hochgesteckt, doch einige vorwitzige Locken kringelten sich um ihr schönes Gesicht. Ihr Schleier war über und über mit Efeublüten und kleinen rosa geöffneten Rosen bestickt. Ihren Hals schmückte eine kleine goldene

Kette mit einem Perlentropfen und an
ihrem Finger trug sie den Ring, den sie in
dem Rosenstrauß gefunden hatte.
Auch Robert sah in seinem Smoking
umwerfend aus und manch eine der
umstehenden Damen seufzte leicht auf
und tupfte sich verstohlen eine Träne aus
den Augen.
Helen trug zu ihrem dunkelblauen
Chiffonkleid eine gleichfarbige Stola und
die offenen Locken fielen ihr über die
Schulter.
Alexander schaute sie bewundernd an.
Schnell nahm sie ihre Position als
Brautjungfer ein. Kurz darauf schritt Julia
am Arm ihres Bruders durch den
Mittelgang der Kirche zum Altar. Als
Robert sich zu ihr umdrehte erkannte sie
die Liebe in seinen Augen. Sie wusste, alles
würde gutgehen.

Der alten Dorfpfarrer, der Julia auch schon
getauft hatte, erinnerte ein wenig wehmütig

an ihren Vater, der leider die Hochzeit
seiner Tochter nicht mehr erleben durfte.
Robert war nervös und aufgeregt. Er
versprach, Julia zu lieben und zu ehren, bis
dass der Tod sie scheide.
„Ich will", sagte er mit rauer Stimme.
„Ich will", versprach Julia mit zitternder
Stimme.
Robert schob Julia den Ring an den
schlanken Finger und auch Julia gab
Robert seinen Ring. Der Pfarrer erklärte sie
vor Gott als Mann und Frau.
Als er dann zu Robert gewandt sagte: „Sie
dürfen ihre Frau jetzt küssen", flossen bei
den Gästen verstohlen einige Tränen.
„Bist du glücklich?", fragte Robert leise
und schaute ihr verliebt in die Augen.
„Ja."
Julia warf ihren Brautstrauß und Helen
fing ihn auf. Lächelnd schaute Alexander
Helen an und zog sie leicht in seine Arme.

Julia freute sich für ihren Bruder und ihre
Freundin, dass auch sie sich gefunden
hatten.
Abends brannte ein großes Feuerwerk ab,
ein Herz in Tropfenform.

Ihre Hochzeitsreise führte sie nach Paris.
Beinahe eine Woche waren sie jetzt hier.
Das Hotel lag nahe des Champs-Elysees.
Die Rezeption erstrahlte in Mahagoni und
die Goblinsessel luden zum Verweilen ein.
Liliengebinde standen in einer bemalten
Vase auf kleinen Marmortischen, die in
dem plüschigen Teppich zu versinken
schienen. Die Zimmer luxuriös.
Julia und Robert schlenderten durch
Kunstgalerien und aßen Crêpes in einem
kleinen Café. Sie ließen sich in den Gärten
des Louvre fotografieren und wanderten
im Museum La Joconde an all den
berühmten Gemälden – der Sphinx, der
Venus de Milo und natürlich der Mona
Lisa – vorbei

Jeden Morgen kaufte Robert ihr Blumen.
Sie spazierten nachts im Mondschein am
Ufer der Seine. Und natürlich fuhren sie
wieder zum Eifelturm.
Paris, die Stadt der Liebe.
Das Essen nahmen sie in einem der besten
Gourmetrestaurants der Stadt ein. Es war
einfach köstlich.

Julia hatte ihr kleines Schwarzes an und sah
schöner denn je aus. Sie trug eine goldene
Kette mit einer Perle und hatte ihr Haar
hochgesteckt. In ihren Ohren steckten
kleine Perlen.
Als sie mit dem Dinner fertig waren,
schlug Robert vor, noch ein wenig durch
die Stadt zu schlendern. Sie liefen Hand in
Hand zur Champs-Elysee, die weiten
Alleen flankiert von gestutzten Bäumen
und schmiedeeiseren Laternen. Durch die
Unterführung gelangten sie zum Art de
Triumphe mit der französischen Flagge
und der ewigen Flamme über dem Grab

des unbekannten Soldaten. Paris bei Nacht
ist wirklich etwas Besonderes, wenn man
auf dem Triumphbogen stand und auf die
vielen Lichter der Fahrbahn schaute.
Plötzlich begann der Eiffelturm zu strahlen
und zu funkeln.
Julia sagte staunend: „Das ist
wunderschön, wie eine riesige
Wunderkerze. Leider gibt es heute kein
Feuerwerk."

Sie kehrten zum Hotel zurück und Robert
öffnete eine Flasche Champagner.
Lässig überreichte ihr Robert eine kleine
Schachtel.
„Zur Erinnerung an Paris."
Doch als sie den Deckel von der Schatulle
nahm, vergaß sie beinahe zu atmen. Eine
wundervolle dreireihige Perlenkette lag vor
ihr. Robert nahm die Kette und legte sie ihr
um den schlanken Hals, dann zog er sie
genüsslich aus, sodass sie nur noch die
Perlenkette trug, als sie sich liebten.

„Was steht heute auf dem Programm?",
erkundigte sich Julia beim Frühstück.
„Der Rückflug geht erst heute Abend, also
haben wir noch Zeit für einen kleinen
Stadtbummel. Das Packen war schnell
erledigt. Sie ließen das Gepäck im Hotel,
um es später, wenn das Taxi sie zum
Flughafen bringen würde, abzuholen.
Sie fuhren mit der Metro zum Montmartre.
Gleich um die Ecke der berühmten
Basilika waren die Gassen auf einmal eng
und voller Leben. Souvenirläden,
Feinkostgeschäfte, Cafés und Kunststände.
An einer Ecke gab es ein Straßentheater
und Jongleure. Maler porträtierten
Touristen.
Sie setzten sich auf eine kleine Mauer und
ließen sich malen. Robert entlohnte den
Maler und bekam dafür das Bild.
„Komm lasse uns Kaffee trinken", sagte
Julia. Lachend schaute sie auf ihre Stilletos.
Sie machten an einem Café halt, wo sie
einen Blick auf einen Springbrunnen und

eine Rasenfläche mit spielenden Kindern
hatten. Wehmut überfiel Julia. Sie dachte
an die Kinder, die im Krankenhaus liegen
mussten. Dann wurde es Zeit für den
Rückflug.

Julia liebte ihre Arbeit als Kinderärztin. Oft
kam sie völlig mutlos und verspannt nach
Hause.

Die Flammen im Kamin knisterten
gemütlich, eine Flasche Champagner stand
in dem silbernen Kühler auf dem Ecktisch,
das Licht des Mondes schimmerte
freundlich durch die hohen Fenster.
„Ich habe den Eindruck, du willst mich
verführen?"
Er reichte ihr ein Glas prickelnden
Champagner.
„Erinnerst du dich noch an unsere
Hochzeitsnacht?"
„Du hast mich hereingetragen, überall
waren Blumen aufgestellt, das Bett war mit

Rosen bestreut und ein Flasche
Champagner stand auf dem Tisch."
Robert nahm sie in seine Arme, erforschte
ihren Mund, knabberte an ihrem
Ohrläppchen. Mit dem Zeigefinger strich
er sanft über ihre Schulter, zog eine feine
Spur zu ihrem Hals und verweilte an der
Stelle, wo ihr Puls unter der Haut pochte.
Eine süße Schwäche erfasste Julia. Sie
schloss die Augen, um sich dem Moment
hin zugeben.
Robert knöpfte langsam ihre Bluse auf und
öffnete ihren BH. Als er ihre Brüste
berührte, stöhnte sie leise auf.
Sie zog mit zitternden Fingern sein Hemd
aus der Jeans und berührte seine nackte
Haut. Bereitwillig hob sie die Hüften, als er
ihr Rock und Slip auszog. Dann spürte sie
seine Hand an ihrer empfindlichsten Stelle.
Sie genoss seine geschickten Liebkosungen
mit allen Sinnen. Sie wollte mehr und
strich verlangend über seine Erregung,
nahm ihn in die Hand. Robert umfasste

ihren Po und drang ganz behutsam in sie
ein. Sie bewegten sich im gleichen
Rhythmus. Zuerst behutsam, dann immer
schneller werdend, jede Bewegung
auskostend, der Ekstase entgegen. Robert
schob beide Hände in ihr langes Haar,
wühlte darin und eroberte dann ihren
Mund erneut mit einem heißen Kuss. Julia
schrie auf, als sich die Spannung entlud.
Die Wellen ebbten langsam ab, doch es war
noch nicht vorbei. Robert trieb sie erneut
in einen Strudel und mit jedem Stoß
schürte er ihre Lust, bis sie beide
gleichzeitig zum Höhepunkt kamen.
Erschöpft, doch glücklich, lag sie in seinen
Armen und auch Robert entspannte sich.
Sie ließen den Stress ihrer Berufe hinter
sich.

Kein Straßenlärm drang zu ihrer Villa
herauf. Von der Terrasse blickte Julia auf
den Fluss.

Drei Jahre waren sie jetzt verheiratet. Drei
wundervolle Jahre. Doch der Wunsch nach
einem Baby hatte sich bisher noch nicht
erfüllt.

Am Abend wartete Julia ungeduldig auf
Robert, sie war heute früher aus dem
Krankenhaus gekommen, um ihm zu
sagen: „Ich bin schwanger."
Im Kamin prasselte ein Feuer. Kerzenlicht
warf seine Schatten auf den festlich
geschmückten Tisch. Julia trug ein
himmelblaues Kleid. Es unterstrich die
Farbe ihrer verträumt blickenden Augen.
Das blonde Haar fiel ihr in großzügigen
Locken über die Schulter und ihr roter
Mund lächelte.
Doch wo blieb Robert? Er hatte ihr
versprochen, heute Abend pünktlich zu
sein. Doch er kam nicht.

Robert stellte eine neue Sekretärin ein und
schon war nichts mehr so wie es war.

Eve war eine herbe Schönheit. Groß und
schlank mit einem geschmeidigen Gang.
Ihre rehbraunen Augen verbargen ihr
Inneres und verwehrten jeden Einblick.
Schwarze Haare umschlossen wie eine
Kappe ihren schmalen Kopf und die
hohen Wangenkochen betonten ihr apartes
Gesicht.
Plötzliche Eifersucht plagte Julia. Entglitt
ihr Robert? Waren er und Eve noch im
Büro? Bahnte sich da etwas an? Oft, zu oft
betonte er, wie tüchtig und unentbehrlich
sie für ihn sei.
Julia hatte bemerkt, dass Eve Robert liebte
und offensichtlich ehrgeizige Pläne
verfolgte.

Eve packte ihre Kleider und Schuhe aus.
Sie hatte ein kleines Vermögen dafür
ausgegeben. Doch das war ihr egal. Die
Zeiten, in denen sie jeden Cent umdrehen
musste, waren lange vorbei.

Sie hatte sich aus einfachen Verhältnissen
hoch gekämpft und der Gedanke jemals
wieder vor dem Nichts zu stehen erfüllte
sie mit Angst. Denn sie wusste noch genau
wie es war, mit wenig Geld auskommen zu
müssen und nicht zu der Welt zu gehören,
die doch eigentlich, wie sie glaubte, die ihre
war.

Schon als Kind hatte Eve gewusst, dass aus
ihr einmal etwas Besseres werden würde, ja
werden musste. Die Enge zu Hause war oft
unerträglich gewesen. Ihr Vater hatte die
Familie kaum mit seiner Arbeit ernähren
können. Sie litt unter den abwertenden
Blicken ihrer Mitschüler. Ihr Traum zu
studieren erfüllte sich nicht: Das Geld
reichte dafür nicht. So besuchte sie eine
Sekretärinnen Schule.

Nach einem hervorragenden Abschluss
bewarb sie sich bei einem Steuerberater
und schnappte ihrer besten Freundin die
Stelle vor der Nase weg. Sie gab ihr Bestes

und machte sich so von Anfang an
unentbehrlich.
Und verliebte sich in ihren Chef!
Sie erhoffte sich ein Leben mit ihm, wie sie
es sich immer erträumt hatte. Dass Robert
verheiratet war, störte sie nicht. Eve hatte
sich lange für ihre Mutter geschämt. Als sie
starb, erkannte sie erst, dass sie ihre Mutter
geliebt hatte. Doch es war zu spät, ihr das
noch sagen zu können. Sie hatte ihre
wahren Gefühle verborgen und so hatte sie
weitergelebt, denn nichts konnte
gefährlicher sein, als seine Gefühle offen
zur Schau zu tragen, wenn man von
Menschen umgeben war, die nur darauf
warteten, dass man eine Schwäche zeigte,
die sie dann gegen einen verwenden
konnten – diese Lektion hatte Eve bald
gelernt.
Robert konnte ihr all das bieten, was sie
glaubte, für sich in Anspruch nehmen zu
können.

Eves zweijähriger Sohn erinnerte immer
wieder daran, dass ihre erste Ehe
gescheitert war. Gescheitert an ihrem
Ehrgeiz, etwas Besseres sein zu wollen.
Jetzt würde sie vorsichtiger sein.
Martin, ihr Lebensgefährte, verstand sich
mit ihrem kleinen Sohn, und so konnte sie
sich ihrem Beruf widmen. Sie würde auf
beide keine Rücksicht nehmen.

Robert zwischen zwei so unterschiedlichen
Frauen?

Fast wäre es geglückt, wenn Julia nicht sehr
misstrauisch geworden wäre.
Julia und Robert wünschten sich schon
lange ein Baby, heute würde sie ihm sagen,
dass sie schwanger war. Der Wille um
Robert zu kämpfen, belebte sie plötzlich;
für sich und das werdende Leben würde sie
alles tun.
Das Essen verbruzzelte im Ofen. Julia
öffnete die Flasche Champagner und trank

hastig aus ihrem Glas, wohl wissend, dass
sie in der Schwangerschaft keinen Alkohol
trinken sollte. Sie verschluckte sich, musste
husten. Das verbesserte keineswegs ihre
Laune. Langsam wurde sie wütend. Immer
wieder schaute sie auf die Uhr. Quälend
langsam verging die Zeit. Im Büro meldete
sich niemand mehr. Was hatte das zu
bedeuten?
Sie würde Robert im Büro überraschen.
Leise fuhr sie mit dem Aufzug in den
dritten Stock. Oben angekommen, hörte
sie schon die heisere Stimme Eves, dem ein
volltönendes Lachen Roberts folgte.
Julias Herzschlag drohte auszusetzen. Was
würde sie hinter dieser Tür erwarten? Sie
bebte vor Angst, dann riss sie die Tür
schwungvoll auf.
Robert und Eve saßen auf dem Sofa,
tranken Champagner und schienen die Zeit
vergessen zu haben. Überrascht schauten
sie auf die herein stürmende Julia. Julia
verspürte einen Stich, doch sie blieb ruhig.

Ihr Mantel öffnete sich einen Spalt und ließ
einen Blick auf ihren Schenkel frei. Robert
sah es und schluckte. In ihrem Zorn sah sie
wunderschön aus.

Julia schüttete das verbruzzelte Essen über
Roberts Hose aus. Er sprang auf, erbleichte
und seine Augen schauten entsetzt. So
kannte er seine liebevolle Julia nicht, nicht
so unbeherrscht.

Julia erklärte unmissverständlich: „Wenn
Eve jetzt nicht geht, gehe ich."

Eve, die Julia bis jetzt als Heimchen am
Herd abgestempelt hatte, sie wollte einfach
nicht wahrhaben, dass Julia eine gefragte
Kinderärztin war, spürte eine gewisse
Bewunderung und wusste im gleichen
Augenblick, dass Robert seine Frau liebte.
Geräuschlos verließ sie das Büro, doch ihr
Verlangen nach Robert brodelte immer
heftiger in ihr.

„Was ist in dich gefahren?"

Doch Julia war plötzlich erschöpft und
schwieg.

Während Robert sich im Nebenzimmer umzog, konnte er den Anblick ihres geöffneten Mantels nicht vergessen.
Langsam trat er auf sie zu. Knopf für Knopf öffnete er den Mantel Es war um ihn geschehen. Er liebte und begehrte Julia und wollte sie jetzt und hier. Auch Julia erfüllte ein Kribbeln.
„Hast du ein Verhältnis mit Eve?", wollte sie dennoch wissen.
Robert schwieg.
„Ist das Kind von dir?"
Robert schaute sie nur stumm an.
„Eve hat einen netten Mann, sie werden heiraten und der Junge bekommt einen sehr liebevollen Vater."
Julia fühlte, da ist etwas. Etwas, dass sie nicht greifen konnte.
Da rannte sie halbblind aus dem Büro, die Treppen hinab, ließ ihren Tränen freien Lauf. Der Pförtner schaute verdutzt hinter ihr her. Schnell rief sie ein Taxi, stieg ein, nannte dem Fahrer ihre Adresse.

Julia bemerkte mit Entsetzen, dass sie ihre Handtasche im Büro vergessen hatte. Wie kam sie jetzt ins Haus, um dann den Taxifahrer zu entlohnen?
Robert fluchte, spurtete ihr nach. Doch sie war nicht mehr zu sehen.
Robert lernte die Liebe durch Julia neu. Sie hatten sich im Tennisverein kennen gelernt. Es war Liebe auf den ersten Blick. Das alles zog vor seinem inneren Auge ab, als er Julia nachjagte und er lächelte leicht vor sich hin. Mit quietschenden Reifen hielt er vor ihrem Haus. Schnell. entlohnte er den Taxifahrer. Er eilte zu Julia, nahm sie fest in seine Arme.
Leise raunte er ihr zu: „Komm ins Haus."
Er öffnet die Tür.
Julia strebte sofort ins wohlig warme Kaminzimmer. Verblüfft blieb Robert auf der Schwelle stehen. Er bemerkte den gedeckten Tisch, die vielen Kerzen, den Champagner. Was hatte das zu bedeuten? Was hatte er vergessen? Zerknirscht, mit

flehendem Blick, sah er zu Julia, die ihn
ruhig anschaute.

Richtig, er hatte versprochen, heute Abend
pünktlich zu sein. Sie wirkte so verloren in
dem großen Sessel.

„Glaubst du, dass ich ein Verhältnis mit
Eve habe?"

In seine blauen Augen trat ein tiefer
Schmerz und Julia bemerkte, wie verletzt er
war.

Sie schämte sich. Trotzdem war sie nicht
von Roberts Unschuld überzeugt.

Eve war nicht die Frau, die so schnell
aufgab. Heute Abend erst hatte Julia die
heißen Blicke bemerkt, die sie Robert
zuwarf.

Julia beschloss aufmerksam zu bleiben. Mit
samtweicher Stimme umgarnte Robert
Julia.

„Ich liebe nur dich."

Robert kam näher und wollte Julia erneut
in die Arme nehmen, doch noch wehrte sie
sich. Er verstand nicht.

„Ich bin schwanger."
Die drei Worte hingen in der Luft.
Robert verharrte mitten in der Bewegung.
„Was?" Mehr brachte er nicht heraus.
„Was hast du gesagt?" Fassungslos schaute
er sie an.
„Ich bin schwanger", wiederholte sie.
Eine große Freude überstrahlte sein
Gesicht. Er starrte sie wie hypnotisiert an,
konnte seinen Blick nicht von ihren
Brüsten nehmen, deren Spitzen sich
deutlich durch den dünnen Stoff ihres
Kleides abzeichneten.
„Küss mich doch endlich", stieß Julia
heiser heraus.
„Das und noch viel mehr", versprach er,
hob sie hoch und trug sie liebevoll ins
Schlafzimmer.
Roberts letzter Gedanke, ehe er sich in
Julia verlor: „Jetzt kann mir Eve nicht
mehr gefährlich werden."
Julia ahnte nicht von Roberts Gedanken.
Sie verspürte eine Woge der Zärtlichkeit,

als sie Robert anschaute. Sie kuschelte sich
an ihn.
Die Berührung erfüllte sein Verlangen
sofort. Enger schmiegte sie sich an ihn,
denn sie war bereit für ihn. Sie murmelte
seinen Namen, während sie über seinen
Rücken streichelte, dann hinab zu seine
Hüften. Ihre Lippen sind schnell und
drängend.
Er spürte es im Kopf, in den Lenden, in
den Fingerspitzen. Sein Atem ging schnell
und unregelmäßig, seine Haut fühlte sich
feucht und heiß an. Sie wollte ihn spüren.
Das Verlangen war übermächtig.
Robert küsste sie leidenschaftlich. Er
tastete sich langsam, ganz langsam abwärts
zu den Zehen. Seine Lippen, seine Zunge,
sie erforschten den Körper von Julia neu.
Sie erbebte, stöhnte leise auf.
Er knabberte an ihren Ohrläppchen,
streichelte sie und war einfach überall. Es
war nicht zum Aushalten.

Sie grub ihre Finger in seinen Rücken, kam
schon fast zum Höhepunkt, doch er ließ
sich Zeit und genoss ihr lustvolles
Wimmern. Langsam und behutsam glitt er
auf sie. Immer noch waren seine Hände
und Lippen überall. Sie fühlte sich hilflos
und strebte nur noch nach Erfüllung. Julia
hielt es nicht mehr aus. Rhythmisch
bewegte sie sich und stachelte dadurch
seine Leidenschaft noch mehr an. Er drang
tief in sie ein. Befreit stöhnten beide auf.
Gleichzeitig erlangten sie den Höhepunkt
und schliefen entspannt ein, ihre Beine
ineinander verschlungen.
Sie nahmen sich viel Zeit für einander,
liebten sich immer wieder. Das Verlangen
war übermächtig, gelenkt von ihrer großen
Liebe, während sie zusammen den Gipfel
erreichten.
Julia fühlte sich unendlich glücklich, den
Robert hatte ihr bewiesen, er liebte nur sie.
Doch wo war Robert? Sie tastete ins Leere.
Plötzlich ging die Tür auf.

Mit einem Frühstückstablett kam Robert
lächelnd zu ihr ans Bett.
„Oh Robert, wie schön", sagte sie. „Ich bin
total hungrig."
Kaum hatte Julia gefrühstückt, ein Glas
Saft getrunken, bekam sie schon wieder
Appetit, Appetit auf Robert. Sie küsste
ihn, ihre Zunge kitzelte sein Ohr. Sie
rutschte ein wenig tiefer, streichelte seinen
Rücken mit den Fingerkuppen. Langsam
und genussvoll.
Er wollte die Kontrolle über sich nicht
verlieren, doch Julia beherrschte ihn und
seine Sinne. Er flehte sie an, doch Julia
wollte ihn ganz. Sie dachte nicht daran
aufzugeben, und gewann das Spiel.
Er stöhnte, war dem Höhepunkt nahe,
doch er hatte auch Angst, denn sie war
doch schwanger. Ein Blick in ihr feuriges,
erhitztes Gesicht belehrte ihn eines
Besseren. Sie war so schön und
begehrenswert in diesem Augenblick. Da
vergaß er alles um sich herum. Sie

verschmolzen. Und sie wussten genau,
einer konnte ohne den anderen nicht sein.
Vollkommen verträumt kuschelte Julia sich
an Robert. Doch der dachte beschämt,
dass er sie mit mehr Behutsamkeit hätte
nehmen sollen. Seine Bedenken
verblassten, denn sie wirkte so gelöst, wie
lange nicht mehr.

Doch Julia wurde jäh aus ihrem rosaroten
Traum gerissen.

Sie arbeitete noch immer im Krankenhaus,
konnte „ihre" Kinder einfach nicht allein
lassen, doch die Schwangerschaft machte
ihr zu schaffen. Doch sie wusste auch,
nach einigen Wochen würde die Übelkeit
vorbei sein.
Julia freute sich auf ihr Kind.
Robert fühlte, nach der Schwangerschaft
würde er nur ein Teil des Ganzen sein.
Damit kam er nicht zurecht.

„Julia ist schwanger", erklärte er Eve.
Eve begrub ihren Traum, ihren Traum von
einem Leben mit Robert. Sie erkannte, dass
sie ihn endgültig verloren hatte.
Doch hatte sie ihn überhaupt besessen?
Trotzdem brachte sie es fertig, ihn zu
beglückwünschen. Sie warf einen Ordner
quer durch den Raum und schluchzte leise
vor sich hin. Nun würde sie sich eine neue
Stelle suchen müssen, denn Roberts Glück
mit ansehen zu müssen, würde über ihre
Kraft gehen. Eine eigentümliche Ruhe
überfiel sie. Sie hatte ja noch Martin, der
sie heiraten wollte und der ihrem Jungen
ein guter Vater sein würde.

Doch Eve gelang es, Robert wieder in
ihren Bann zu ziehen.
Eve bekam immer was sie wollte und sie
wollte Robert. Nie wieder arm sein, den
Weg zurück würde sie nicht wieder gehen.
Norbert dachte an Eve und Eve wartete
ungeduldig auf ihn. Sie hatte die

Kündigung vorbereitet, doch Robert bat
sie weiter mit ihm zusammen zu arbeiten.
Was er in diesem Augenblick
heraufbeschwor, konnte er nicht ahnen.
Eve war viel zu sehr in ihn verliebt, sie
hatte gar nicht vor, sich von Robert zu
trennen. Eve achtete auch nicht auf die
Signale Martins. Dieser liebte sie und das
Kind aufrichtig, war aber nicht gewillt, nur
für ihren Sohn da zu sein.
So erlagen Eve und Robert einem
gefährlichen Traum.

Julia ahnte nichts von alledem, doch sie
blieb misstrauisch, denn Robert verspätete
sich wie so oft. Seine Ausreden, sie konnte
sie nicht mehr ertragen.
„Wann heiratet ihr?", fragte Julia Martin
eines Tages, als sie sich vor dem Büro
trafen.
„Eve legt sich nicht fest", war seine
lapidare Antwort.

Julia wurde in der Schwangerschaft noch
schöner. Sie strahlte eine Ruhe und
Gelassenheit aus, die Robert unheimlich.
war. Deshalb zog er sich immer mehr in
sein Büro zurück. Mit der Schwangerschaft
konnte er einfach nicht umgehen. Endlich
sah Eve ihre Chance gekommen. Sie
machte sich immer unentbehrlicher. Robert
vertraute ihr. Er bemerkte nicht das Netz,
das sie über ihn warf. Bald konnte und
wollte er ohne sie nicht mehr auskommen.
Eve gab sich teilnahmsvoll, hörte ihm
aufmerksam zu und versuchte immer
präsent zu sein, ging auf jeden seiner
Wünsche ein. Über Martin ging sie einfach
hinweg. Er hatte sich vor getrennt, das
brachte gewisse Schwierigkeiten mit sich.

Heute nutzte Julia das schöne Wetter zu
einem Spaziergang, um Robert abzuholen.
Ihr Herz schlug unruhig, als sie sah, wie
Robert und Eve eng umschlungen das
Büro verließen, um das kleine,

verschwiegene Café gegenüber auf zu
suchen. Sollte sich denn alles wiederholen,
wie damals mit Mark?
„Wie oft mag Martin diese Szene schon
gesehen haben?", ging es ihr durch den
Sinn.
Julia bemerkten sie nicht. Ihr geliebter
Robert, dessen Stolz verletzt war, weil sie
ihm nicht traute. Wieder überlegte sie:
„Ist Robert doch der Vater von Eves
Sohn?" Jetzt verstand sie auch, warum
Eve nicht kündigte.
Sollte sie eingreifen? Noch hatten die beide
sie nicht gesehen.
Nein, ihr Stolz verbot es ihr. Sie drehte sich
um, schlug den Weg zum Fluss ein. Allein
sein, nachdenken, das konnte sie nur am
Fluss. Wie sollte es jetzt weiter gehen?
Das Baby bewegte sich und zauberte ein
Lächeln auf ihr Gesicht. Sie setzte sich auf
eine Bank am Fluss. Ihr Blick verdunkelte
sich, die ersten Tränen perlten über ihr
schönes Gesicht.

Langsam wurde es dunkel. Die Laternen gingen an und verbreiteten ein sanftes, anheimelndes Licht. Sie war immer noch zu keinem Ergebnis gekommen, wusste nicht, wie sie reagieren sollten. Nebel stieg vom Fluss auf. Sie fröstelte und konnte sich doch nicht entschließen aufzustehen, um nach Hause zu gehen. Betrogen und allein gelassen fühlte sie sich, innerlich gestorben.

Endlich stand sie auf, ging wie in Trance, achtete nicht auf den Weg.

Plötzlich passierte es. Sie rutschte aus, rollte die Böschung hinunter. Ein Strauch milderte ihren Sturz und verhinderte so das Schlimmste.

Sie schrie laut auf. Ihre erste Sorge galt ihrem Baby, hoffentlich war ihm nichts passiert.

Dann ging alles sehr schnell. Ein Passant rief den Notarzt. Der Arzt versorgte sie sofort, doch dann wurde sie sogleich ins Krankenhaus gefahren.

Robert und Eve erlebten unterdessen einen
schönen Abend. Sie tauschten kleine
verstohlene Küsse. Eve lockte mit ihrer
kehligen Stimme.
„Komm mit zu mir."
Plötzlich wurde sich Robert bewusst,
wohin sie trieben.
„Was ist nur in mich gefahren und was
wollte diese Frau von ihm?", dachte er
erwachend. Er liebte doch Julia, seine Frau.
Unruhe überkam Robert. Er riss sich los,
stand abrupt auf und verließ fast
fluchtartig das Café, ließ Eve einfach
sitzen. Eve kochte vor Wut.
„Das wirst du noch bitter bereuen", schrie
sie ihm mit wutverzerrtem Gesicht
hinterher. Hass glühte auf in ihren
braunen, undurchdringlichen Augen. Fast
wäre es geglückt. Sie hatte einen hohen
Einsatz gewagt, und verloren.
Das wurde ihr in diesem Moment klar.
Aber so schnell gab sie nicht auf. Sie wird
ihn und seine Kanzlei ruinieren,

vernichten. Systematisch fing sie an, Mandantengelder auf ihr Konto bei einer Bank zu überweisen.
Zunächst bemerkte Robert es nicht, denn er vertraute Eve immer noch.

Robert fuhr hastig und viel zu schnell. In der Garage stand Julias Wagen. Schon wollte er erleichtert aufatmen, doch alles war unheimlich still. Keine Lampe erhellte das Haus. Leise öffnete er die Schlafzimmertür. Leere gähnte ihm entgegen. Wo war Julia? Angst schnürte ihm die Kehle zu.
Das Telefon klingelte. Ein Anruf aus dem Krankenhaus.
„Bitte kommen Sie sofort."
Julia im Krankenhaus, was war passiert? Ehe er weitere Fragen stellen konnte, unterbrach die Verbindung. Und wie ging es dem Baby, auf das sie sich schon so freuten? Würde Julia ihm verzeihen?

An der Pforte fragte er nach Julia. Er
wurde gebeten, Platz zu nehmen. Doch
Robert lief wie ein gefangenes Tier ruhelos
hin und her.
Endlich erschien der Arzt. Seine Augen
blickten Robert ernst an.
Ungeduldig fragte Robert: „Was ist mit
meiner Frau geschehen?"
„Ihre Frau rutschte am Fluss aus und fiel
eine Böschung hinunter. Ein Strauch
bremste ihren Fall."
Julia gestürzt, ausgerutscht.
Sein erster Gedanke. Sie sah ihn mit Eve.
Wieder einmal hielt er sein Versprechen
nicht. Robert wurde kreidebleich, vernahm
die Stimme des Arztes nur undeutlich.
„Sie verlor kurz das Bewusstsein, und zog
sich einige Schürfwunden zu. Nur durch
das beherzte Eingreifen der Passanten
wurde Schlimmeres verhindert.", so die
Erläuterungen des Arztes.
„Dem Baby ist wie durch ein Wunder
nichts passiert."

„Kann ich sie sehen?", fragte Robert.
Nachdenklich sah der Arzt ihn an.
„Nur einen Augenblick, kommen Sie."
Da lag sie, hielt die Augen geschlossen. Ein
Monitor überwachte jede ihrer
Bewegungen.
In diese verschlossene Gesicht versprach
Robert: „Ich werde dir nie wieder weh
tun."
Julia stöhnte tief auf, als habe sie die Worte
gehört, bewegte leicht ihre Hand und fiel
in einen erholsamen Schlaf.
Robert blieb bei ihr. Er hatte nicht die
Kraft, jetzt in das leere Haus zu fahren,
denn er fühlte sich schuldig. Ganz nah
setzte er sich, als wolle er alle Kraft und
Liebe auf sie übertragen, hielt ihre Hand.
Sein Kopf fiel vornüber und er nickte ein.
Eine Bewegung von ihr und sofort war er
hellwach und es packte ihn die Erinnerung.
Er verstand sich selbst nicht mehr, denn er
liebte doch nur Julia.

Der Mond schien hell durch die dünnen
Vorhänge, als wolle er Julia, das Baby und
Robert bewachen. Robert wurde immer
wieder durch eine schwache Bewegung
Julias aus seinem unruhigen Schlaf
gerissen.
Sie sah ihn auf dem Stuhl sitzen, wollte
sich aufrichten, doch schmerzerfüllt ließ sie
sich wieder in die Kissen fallen. Ihre
Augen weiteten sich vor Schreck.
Blitzschnell kam die Erinnerung.
„Was machst du hier?" flüsterte sie leise,
kaum vernehmbar.
„Ich möchte dich um Verzeihung bitten.",
sprudelte er schnell hervor, ehe sie ihn aus
dem Zimmer weisen konnte.
Im Laufe der Nacht kam er zu der
Überzeugung, Julia sah ihn mit Eve.
„Ich liebe dich so sehr, ich kann ohne dich
und dem Baby nicht leben, das wurde mir
klar."
Flehend schaute er sie an.

„Ich weiß, dass ich dich unendlich
verletzte."
Prüfend schaute Julia Robert in die Augen,
erkannte seinen Kummer und spürte, dass
er die Wahrheit sagte.
„Es wird eine Weile dauern, bis ich dir
wieder voll vertrauen kann", drang es leise
an Roberts Ohr.
Er hörte nur die Verzeihung in ihren
Worten. Liebevoll zog er sie an sich. Als er
sie behutsam küsste, spürte er einen
leichten Hauch von Erwidern. Still weinte
Julia vor sich hin. Es brach ihm fast das
Herz.
Er verständigte sein Büro. Nach Eve fragte
er nicht.

Sie verstand auch ohne Worte dass ihre
Zeit vorbei war, packte langsam ihre
persönlichen Sachen und verließ, ohne sich
zu verabschieden, das Büro, eilte die
Treppen hinunter. Sie schaute sich nicht
mehr um. Niemand vermisste sie.

Eve sah sich lange im Spiegel an.
„Und was jetzt?", fragte sie ihr Spiegelbild.
Tränen der Wut rannen ihr über die
Wangen, die sie sich mit einer unwirschen
Handbewegung wegwischte. Zum ersten
Mal im Leben war sie ratlos. Martin hatte
sie verlassen, Robert aus dem Büro
geschmissen.
Robert merkte bald den Betrug. Eve hatte
sein Leben zerstören wollen, weil er sie
zurück gewiesen hatte, doch nun hatte sie
keine Zukunft mehr. Von einer Anzeige
sah Robert wegen ihres Kindes ab, doch er
forderte die gestohlene Summe zurück.

Julia bemerkte von allem nichts. Bald
würde ihr Baby kommen.
Julia und Robert freuten sich auf ihr Baby,
das den Sturz wohlbehalten überstanden
hatte. Nun hatte auch Robert keine Angst
mehr vor der Schwangerschaft, vor der
Zukunft. Bald würden sie eine kleine
Familie sein.

„Helen, ich bin eine erwachsene Frau und ich denken, dass ich durchaus auf mich selbst aufpassen kann."
Julia und Helen saßen gemütlich auf der Terrasse und schauten auf die vorübergleitenden Boote. Lachend erwiderten sie die Grüße der Touristen.
„Du bist immer viel zu sehr damit beschäftigt, dich um andere zu kümmern, statt um dich selbst", nahm Helen ihr Gespräch wieder auf.
„Du gehst immer noch ins Krankenhaus, um zu sehen, wie es den Kindern geht. Achtest nicht darauf, dass dein Baby bald kommen wird."
Sie nippte vorsichtig an ihrem heißen Tee. Die Luft war von schwachem Lavendelduft erfüllt.
Julia hielt ein Strickkleidchen in der Hand. Es war mit winzigen Knöpfchen und einer schmalen Bordüre verziert. Die Handarbeit meiner Großmutter, dachte sie lächelnd. Das habe ich bestimmt auch angehabt. Sie

fand es in einer alten Truhe auf dem
Dachboden.

Julia faltete es sorgfältig zusammen. Bald
würde sie es brauche, fall sie ein
Töchterchen bekamen.

Mit einem Seufzer setzte sich Julia in ihrem
Korbsessel zurecht. Das Baby entfachte
mit seinen Tritten einen kleinen Sturm.
Bald würde es soweit sein. Plötzlich
bäumte sie sich auf.

„Helen, ich glaube es geht los", stieß Julia
mit zusammengepressten Lippen hervor.
Schnell wurde Julia ins Krankenhaus
gebracht. Helen benachrichtigte Robert.

Julia wurde für die Geburt vorbereitet. Die
Wehen kamen jetzt schnell hintereinander.
Sie dachte an die Worte, die sie ihren
Patientinnen immer mitgab, wenn eine
Wehe wieder einmal sehr schmerzvoll war.
Helen stand ihr bei und Robert hielt ihre
Hand.

„Du schaffst das", sagte er immer wieder.

Sehr wahrscheinlich eher zu seiner
Beruhigung.

„Atme in den Schmerz hinein, hechele",
ermunterte Helen sie. „Das Baby kommt
gleich."

Tatsächlich, der Kopf des Babys war schon
zu sehen.

„Bei der nächsten Wehe musst du pressen.
Das Baby will nicht mehr länger
warten." Helen lächelte sowohl Julia als
auch Robert aufmunternd zu.

„Presse, presse", wandte Helen sich an
Julia. Sie hielt die Hand auf dem Kopf des
Babys, und langsam erschienen Kopf und
Gesicht. Vorsichtig tastete sie mit dem
Zeigefinger, ob sich die Nabelschnur um
den Hals des Babys gelegte hatte. Das war
glücklicherweise nicht der Fall.

„So, noch einmal pressen. Das Baby ist fast
da, nun müssen noch die Schultern
hindurch. Weiter pressen."

Winzige Schultern wurden sichtbar und
dann folgte der Rest schnell nach.

Helen fühlte Roberts ehrfürchtigen Blick, als sie das winzige, schlüpfrige Wesen in den Händen hielt und dem Kind rasch Nase und Mund reinigte. Sobald der Mund frei war, begann das Baby zu schreien.
„Ein gesundes, wunderhübsches Mädchen. Gratuliere."
Helen band die Nabelschnur ab und durchtrennte sie, wickelte das Neugeborenen, nachdem es gesäubert war, in eine Decke und legte es der glücklichen Julia in den Arm. Robert küsste Julia zärtlich. Nur zögernd nahm Robert das winzige Händchen.

Der Schnee fiel in dichten, raschen Flocken und verwandelte die Welt außerhalb ihres Hauses in einen weißen Sturm. Das stetige, wirbelnde Schneetreiben, das immer wütendere Heulen des Windes erweckten in Julia den Wunsch, sich mit einem guten Buch und einem heißen Tee auf dem Sofa zusammen zu rollen. Stattdessen schaute

sie nach ihrer kleinen Tochter, die jedoch
fest schlief.

Am anderen Morgen rieselte der Schnee
nur noch leise herab. Julia schaute
gedankenverloren den kleinen Eiskristallen
zu, die vom Wind herumgewirbelt und sich
auflösten, ehe sie den Boden berührten.

Für Julia war der Heilige Abend der
schönste Tag des Jahres. Es war ein Tag, an
dem man mit der Familie feierte. Das Haus
war still. Der Baum schon geschmückt mit
Engeln, silbernen Kugeln und Lametta,
Bändern, die zu Schleifen gebunden waren.
Die Krippe stand auf dem Kaminsims. Sie
atmete den Duft der Kiefernadeln und
Kerzen ein. Liebevoll verpackte Päckchen
lagen unter dem Tannenbaum. Ihre Mutter
würde wieder heiraten, einen verwitweten
Arzt. Beide spürten tiefe Zuneigung für
einander. Helen und Alexander würden in
ein paar Wochen ihr erstes Baby

bekommen. Julia erwartete alle zu dem
ersten Weihnachtsfest mit Carina.
Sie hatte ihren Dienst als Kinderärztin im
Krankenhaus wieder aufgenommen. Es
war ein anstrengender Tag, doch sie hatte
heute keinen Bereitschaftsdienst. Lächelnd
dachte sie an die Weihnachtsfeier im
Krankenhaus. Die Augen der Kinder (ihrer
Kinder, wie sie sie scherzhaft nannte)
strahlten mit den Kerzen am
Weihnachtsbaum um die Wette. Andächtig
sangen die Patienten die Weihnachtslieder.
Doch es war so gut jetzt zu Haus zu sein.
Robert kam herein.
„Schau einmal, wer aufgewacht ist."
Er ließ das Baby auf seinem Oberschenkel
reiten. Vier Monate war Carina jetzt alt.
Julia ging mit ausgestreckten Armen auf
die beiden zu. Carina reckte sich ihr zu und
sie nahm sie glücklich auf den Arm,
presste sie leicht an sich. Sie gab ihr einen
Kuss und setzte sie auf den Teppich. Es

war ihr erstes Weihnachten als kleine Familie.

Robert fragte Julia: „Habe ich dir heute schon gesagt, dass ich die liebe? Vielen Dank für die wunderschönen Jahre, auch wenn sie nicht immer einfach waren." Schuldbewusst dachte er zurück, wieviel Leid er Julia zugefügt hatte. Doch Julia wusste, Robert liebte nur sie und das Baby. „Ich liebe dich auch", antwortete sie zärtlich.

Julia lief ungeduldig und ein wenig nervös in ihrem Büro auf und ab. Carina war bei ihrer Großmutter gut aufgehoben, doch schon jetzt sehnte Julia sich nach ihr. Robert lächelte sie aufmunternd an. „Du schaffst das", und nahm sie noch einmal liebevoll in die Arme.

Die Stelle des leitenden Chefarztes war ausgeschrieben worden und Julia sollte das

Einstellungsgespräch mit dem Bewerber
führen.

Die Akte, der Terminkalender und der
Notizblock neben dem Telefon,
Kugelschreiber und Bleistifte lagen auf der
Schreibtischplatte, doch Julia schob noch
immer alles hin und her, doch es war
perfekt.

Sie war mit einer zeitlosen Eleganz
gekleidet, trug einen blauen, kurzen Rock
und eine rosa Bluse unter ihrem
schneeweißen Kittel. Eine schlichte
Perlenkette und die passenden Ohrringe,
ein Geschenk Roberts zu ihrem ersten
Hochzeitstag, vervollständigten ihr
dezentes Aussehen. Auch heute war sie nur
leicht geschminkt. Ihr Haar trug sie
hochgesteckt, was ihr Gesicht noch
interessanter wirken ließ.

Die Telefonanlage summte leise und aus
der Sprechanlage wurde ihr der Besucher
angekündigt. Leise ging Robert aus dem
Zimmer. Sie hatten zusammen in der

Kantine gegessen. Carina war wie immer, während beide arbeiteten, bei ihrer Großmutter. Die hatte jetzt viel Zeit für sie, seit Alexander die Praxis übernommen und Helen ihm als Frau und Krankenschwester zur Seite stand.
Doch auch ihre Mutter würde wieder heiraten.
Die Tür ging auf. Vor ihr stand Mark! Mark, der ihr einmal so wehgetan hatte. Das dunkelblonde Haar fiel ihm immer noch in die Stirn, wellte sich am Kragen, genau wie früher. Seine braunen Augen schauten fragend aus einem sonnengebräunten Gesicht, als er Julia erkannte. In seinem Designeranzug mit dem blassgrünen Hemd und passender Krawatte sah er umwerfend aus. Es gab eine Zeit, da glaubte sie, ihn in- und auswendig zu kennen. Sie hatte sich getäuscht.

„Hallo Mark", sagte Julia leise. „Du hast dich um den Posten des leitenden Chefarztes beworben?"

„Hallo Julia", erwiderte Mark. „Schön dich wieder zu sehen. Ich glaube, du bist noch attraktiver geworden." Ein neckender Ausdruck aus seinen Augen traf sie wie ein Blitz.

Sofort glitt ein Schatten über Julias Gesicht und in ihre Augen trat ein schmerzlicher Ausdruck.

„Bevor du mir in Ohnmacht fällst, wie wäre es, wenn ich dir einen Kaffee kochen würde. Dann können wir über die Anstellung des Chefarztes sprechen."

Er sah zu der Kaffeemaschine in ihrem Zimmer.

„Wenn jemand gerade eine kräftige Dosis Koffein brauchen kannst, dann du."

Er musterte sie von oben bis unten, als fürchte er, sie könne jeden Moment zu Boden sinken.

„Gut, ich nehme einen."

Zu erschöpft, um sich zu widersetzten,
nickte sie. Er brachte ihr den Kaffee.
„immer noch ohne Milch und Zucker?",
denn so liebte sie ihn früher.
„Gerne."
Auch er bediente sich.
Außerdem hatte er Recht. Sie brauchte
wirklich einen Muntermacher. Ihr
Verstand war wie betäubt, seit sie wusste,
dass Mark sich bewarb.
Stillstand war nicht gut. Sich zu
beschäftigen war die einzige Möglichkeit,
mit allem fertig zu werden. Um nicht an
die Vergangenheit zu denken. Nur so hatte
sie die Trennung von Mark überstanden
und die Kraft gefunden, die sie bei ihrem
Mann und Kind sowie in ihrer Arbeit
gefunden hatte.
Während der Ausbildung hatte sie sich
öfter mit Männern getroffen. Doch sobald
sie Mark sah, war es um sie geschehen. Sie
verliebte sich Hals über Kopf in ihn.

Schöner konnte Liebe nicht sein. Sie
verbrachten eine magische, glückliche Zeit
miteinander. Bis ihre Träume
zusammensackten. Sie verscheuchte die
unnützen Erinnerungen.

Ihre Stimme klang kühl und beherrscht, als
sie sagte: „Lass uns über die Bewerbung
reden."
Sie nahm die Akte, die ihr die
Stationssekretärin auf den Tisch gelegt
hatte in die Hand, schlug sie auf und las,
dass es sich bei dem Bewerber tatsächlich
um Mark handelte. Jetzt bereute sie es, sich
nicht vorher besser informiert und
vorbereite zu haben.
„Du hast dich, wie ich sehe, nur für ein
Jahr beworben. Ziehst du immer noch
unstet durch die Welt, um Erfahrungen zu
sammeln?"
Jetzt glitt ein Schatten über sein Gesicht,
der jedoch so schnell verschwand, wie er
gekommen war.

„Du weißt, ich bin ein Typ, auf den man
sich verlassen kann."

„Klar. So wie ich mich auf die verlassen
konnte, als du auf einmal verschwunden
warst."

Das hatte anklagend, vorwurfsvoll
geklungen, so als wäre sie noch längst nicht
darüber hinweg. Am liebsten hätte sie sich
auf die Zunge gebissen. Augenblicklich
verschwand die Wärme aus seinen braunen
Augen.

„Du wolltest etwas, was ich dir damals
nicht geben konnte."

„Nicht geben konntest oder nicht
wolltest?"

„Das ist nicht wichtig."

Mark presste die Lippen zusammen.
Diesen eigensinnigen Ausdruck kannte sie
noch von früher. Augenblicklich kochte
der alte, seit Jahren schwelende Groll in ihr
hoch.

„Nicht wichtig. Hätte ich mir denken
können, dass du das so siehst. Für mich
wäre es wichtig gewesen."
Ärgerlich schüttelte er den Kopf.

Julia fiel es höllisch schwer, sich zu
konzentrieren. Ihre Bürotür war
geschlossen, aber sie hörte trotzdem, was
draußen los war. Ärzte wurden dringend
zur Stationszentrale gebeten, kleine Kinder
weinten, Betten rollten auf den Fahrstuhl
zu, Infusionsgeräte piepsten.
Und vor ihr saß Mark, mit dem sie, im
Auftrag der Krankenhausleitung, ein
Bewerbungsgespräch führen sollte. Er war
weit in der Welt herumgekommen. Vor
allem sein Einsatz als Entwicklungshelfer
schien ihn für den Chefarztposten zu
qualifizieren.
„Ich kann das nicht allein entscheiden, aber
ich denke, dass du als Chefarzt in Frage
kommen könntest. Ein paar Tage wirst du
dich allerdings gedulden müssen."

Sie stand auf, ging um den Schreibtisch
herum.
„Auf Wiedersehen, meine Arbeit ruft",
erklärte sie kühl und reserviert.
„Wir werden uns wieder sehen",
verabschiedete sich Mark.

Nun stand er hier im Hotel auf dem
Balkon und starrte in die Nacht hinaus. In
der Ferne glitzerten die Lichter, er sah die
Neonreklamen der Bars und Restaurants.
Zu seinen Füßen tobte das Nachtleben.
Normalerweise liebte er das lebendige
Treiben nachts in großen Städten.
Das kühle Glas der Scheiben linderte seine
Kopfschmerzen nur wenig. Er kehrte
zurück ins Zimmer, schloss die Augen und
dachte an Julia. Zu viel war an diesem Tag
auf ihn eingestürmt.
Julia war verheiratet, hatte eine kleine
Tochter, arbeitete aber immer noch im
dem Krankenaus, wo sie sich vor Jahren
ineinander verliebten. Sie sah aus wie

früher, war jedoch noch schöner und reifer geworden. Als er sie wieder sah, hämmerte ihm das Herz in der Brust, als wäre die Zeit zurückgedreht worden, als hätten die vergangenen Jahre nicht existiert. Ihre langen blonden Locken hatte sie hochgesteckt und ließ ihr herzförmiges Gesicht noch interessanter erscheinen, dazu die sanften blauen Augen, die vollen Lippen. Er wollte sie plötzlich wieder besitzen.

Marks Verstand arbeitete auf Hochtouren, wie immer, wenn sich eine Herausforderung bot. Dieses Mal würde er vor Julia nicht davonlaufen. Ganz gleich, wie viel Steine sie ihm in den Weg legte, er würde diese hinwegräumen. Julia würde wieder ihm gehören. An ihre kleine Familie verschwendete er keinen Gedanken.

Damals war es nur Sex gewesen für ihn, jetzt hatte er seine Leidenschaft für sie neu entdeckt.

Die gegenseitige Anziehung, die Julia abstritt, musste erneut entfacht und zu lodernden Flammen wachsen, um einer gemeinsamen Zukunft den Weg zu ebnen.

Dieser Schlagabtausch mit Mark hatte sie aufgewühlt, wie es immer der Fall gewesen war. Auch jetzt ging er ihr also noch unter die Haut. Kein anderer Mann hatte je wieder so eine Wirkung auf sie gehabt, bis sie Robert kennen lernte. Was nicht bedeutete, dass ihr Mark gut getan hatte. Im Gegenteil. Etwas in ihr verlangte danach, ihn den Geschmack der Niederlage erfahren zu lassen, den Hass, den sie damals empfunden hatte.
„Wir sehen uns wieder."
Seine Worte hallten noch in ihren Ohren und ein Schauer rann Julia über den Rücken.
Seit fünf Jahren hatte sie nichts mehr von ihm gehört. Hoffentlich überlegte er es sich noch einmal und ließ sie in Ruhe.

Julia antwortete zerstreut auf die Frage Roberts: „Werdet ihr den neuen Chefarzt einstellen?"

Sie wich aus. Auch Carina brachte ihr heute keine Entspannung, konnte ihr nur ein kleines Lächeln entlocken.

Sie dachte an Mark und fragte sich immer und immer wieder, was wollte er nur hier? Warum war er zurückgekommen? Schlaflos wälzte sie sich in der Nacht von einer Seite auf die andere.

Robert nahm sie liebevoll in den Arm, denn er spürte ihre innere Zerrissenheit. Er streichelte sie zart, doch noch konnte Julia sich nicht öffnen.

„Wir sehen uns wieder."

Marks Worte gingen ihr nicht aus dem Sinn.

„Heute ist Einführungstag", sagte Anni, die Stationssekretärin. Julia hatte nur mit halbem Ohr zugehört. „Einführungstag?"

„Ja, der neue Chefarzt. Möchtest du ein
paar Worte sagen?"
„Nein, das kann Brigitte machen."
Gerade trat Brigitte ins Zimmer und hörte
die letzten Worte.
„Ich kann mich nicht um alles kümmern.
Brigitte ist geradezu qualifiziert dazu, den
neuen Chefarzt einzuführen."
Julia wollte sich nicht eingestehen, dass ihr
Mark Schmetterlingsgefühle entlockt hatte,
seit er hier angefangen hatte.

Sie trat in sein Zimmer, um mit ihm den
Tagesablauf zu planen. Mark lächelte sie
an. Sein Charisma machte ihn nicht nur für
sie so gefährlich, denn es war nur allzu
leicht in seinen Bann gezogen zu werden
und dann gehörte man ihm.
Obwohl sie es wusste und auf der Hut
davor war, vibrierte jeder Nerv in Julias
Körper. Sie war wieder seiner Macht
ausgesetzt. Es war ein Spiel mit dem Feuer.
Allerdings hatte sie sich schon einmal

daran verbrannt und ihre Lektion gelernt.
Nicht könnte sie dazu bringen, diesen
Mann erneut in ihr Leben zu lassen.
Außerdem waren da ihr geliebtes Kind und
Robert.
Alles in ihr sträubte sich dagegen, sich auf
einen Flirt mit Mark einzulassen. Damals
war es für sie etwas ganz anderes. Sie war
jung und bis über beide Ohren in ihn
verliebt gewesen. Das war endgültig vorbei.
Da sie keine Wert darauf legte, das Thema
weiter zu verfolgen, hielt sie die Lippen
fest verschlossen.
Mark wusste, er musste behutsam mit Julia
umgehen, ihr Vertrauen wiedergewinnen.
So umwarb er sie mit kleinen
Aufmerksamkeiten. Mal stand eine
einzelne Blüte in einer schönen Vase auf
ihrem Schreibtisch. Ein anderes Mal sorgte
er für Kaffee, wenn sie von der Visite kam.
Immer öfter richtete er seinen Dienstplan
so aus, dass er im Krankenhaus war, wenn
Julia auch Dienst hatte. Neidlos musste

Julia anerkennen, dass ihm die letzten Jahre
in den Entwicklungsländern zu einem
verantwortungsvollen Arzt reifen ließen.
So verlief ihre Zusammenarbeit
reibungslos.

Heute wollten sie sich zusammen in seiner
Wohnung zu einem Arbeitsessen treffen.
Lässig in Jeans und T-stand Julia vor dem
Penthouse, in das er vor kurzem gezogen
war. Und schon stand er vor ihr. Er hatte
sie vom Fenster aus beobachtet, wie sie
sich erstaunt umschaute. Mark führte sie
durch einen hohen Torbogen in eine
Eingangshalle, von der aus eine breite
Marmortreppe nach oben führte.
Kristallleuchter hingen von der Decke. In
einer hinteren Ecke lagen mehrere
Aufzüge, auf die Mark jetzt zuging und
einen Schlüssel ins Schloss steckte. Er
schob Julia in die mit dicken Teppichen
ausgelegte Kabine und drückte auf einen

Knopf. Die Lifttüren gingen geräuschlos
zu und schlossen den Rest der Welt aus.
Was hatte Mark vor? Und was hatte sie sich
dabei gedacht, seine Einladung
anzunehmen? Auch wenn es sich um ein
Arbeitsessen handelte.
Das geräumige Wohnzimmer verfügte über
eine breite Fensterfront. Helle Ledersofas
mit zahllosen bunten Kissen luden zum
Verweilen ein. Glastische mit hellen
Granitfüßen vervollständigten das Bild.
Teures Mobiliar. Wie konnte Mark sich das
von seinem Chefarztgehalt leisten? Mark
riss sie aus ihren Gedanken.
„Möchtest du einen Cappuccino? Den hast
du doch früher so gerne getrunken?",
fragte er leise in ihr Ohr.
„Gerne." Sie trat einen Schritt näher an das
Fenster und schaute hinaus.
Er stellte den Kaffee zusammen mit einer
Schale ihrer Lieblingspralinen auf den
Tisch. Der frische Duft des Kaffees
veranlasste sie, sich umzudrehen. Sie setzte

sich auf das Sofa und nippte an ihrem
Kaffee.

Das hier war keine romantische
Liebesgeschichte. Und sie wollte auch nicht
den Eindruck erwecken, es könnte eine
werden.

Er war erst so kurz da und keiner hatte so
richtig Zeit, ihn einzuarbeiten. Nur aus
diesem Grund hatte sie eingewilligt, hier
mit ihm zu arbeiten.

Entschlossen legte sie die Krankenberichte
auf den Tisch, um so an zu zeigen, dass sie
mit der Arbeit beginnen könnten.

Doch in diesem Augenblick erklang die
Türglocke. Das Essen wurde
hereingebracht und der Tisch schnell und
geräuschlos gedeckt.

„Guten Appetit", und schon war der
Kellner wieder diskret verschwunden.

Das Essen schmeckte hervorragend, und
sie unterhielten sich überraschend
unbefangen miteinander, über die Arbeit,
die Kollegen. Mark berichtete anschaulich

und ernst über die Entwicklungshilfe und wie wichtig sie ihm sei.

„Möchtest du noch ein Glas Wein?", fragte Mark.

„Nein danke", erwiderte sie und zeigte hinüber zu den Akten.

Mark setzte sich so dicht neben sie, dass sein Atem sie berührte. Leicht legte er ich den Arm um die Schulter. Seine Hand umfasste liebevoll ihren Kopf, den er leicht zu sich herum drehte. Seine Lippen näherten sich den ihren. Sehnsuchtsvoll öffnete sie ihre und er hauchte kleine zarte Küsse über ihr Gesicht. Stärker zog er sie an sich, küsste sie fordernd, entschlossen jeden Protest auszuschließen. Er wollte alle negativen Eindrücke und alle Erinnerungen an andere in ihr auslöschen, bis sie nur noch an ihn dachte. Sie schmiegte sich eng an ihn. Ihr Verstand konnte nicht fassen, was hier geschah. Langsam knöpfte er ihre Bluse auf, rieb über die zarten Knospen, die sich ihm entgegenstreckten. Seine Mund nahm von ihren Brüsten Besitz. Eine nach der anderen erforscht er langsam. Sie legte beide Arme um seinen Hals. Noch enger drückte sie sich an ihn. Es fühlte sich so gut an, wie früher. Mit den Fingerspitzen streifte er ihr die Blus ab. Zog den Reisverschluss ihrer Jeans herunter und berührte ihre Weiblichkeit. Julia stöhnte leise auf. Sie zog Mark das T-Shirt über den Kopf. Ungeduldig zerrte sie an seiner Jeans. Immer noch langsam und zärtlich streichelte er sie, berührte sie, denn er wollte Julia nicht erschrecken, doch sie zeigte ihm dass da noch etwas Glut vorhanden war. Er hielt sie leicht umfangen. Immer wieder kehrte sein Mund zu ihrem zurück. Irgendwann hielt sie es nicht länger aus. Sie wollte mehr und strich über seine Erregung. Er wühlte in ihren Haaren, umfasste dann ihren Po, um in sie einzudringen.

In diesem Moment fragte Julia wie
erwachend: „Was soll das?"
Die Passivität war verschwunden. Es lag
jetzt eindeutig blanke Wut in ihrer Stimme.
„Du hast mich hergelockt, weil du an alte
Zeiten anknüpfen wolltest und fast wäre es
dir gelungen. Du vergisst, dass ich viele
Jahre nichts von dir gehört habe, glücklich
verheiratet bin und eine kleine süße
Tochter habe."
Verzweifelt weinte sie leise vor sich hin.
Wohin hätte das beinahe geführt? Hatte sie
sich so wenig unter Kontrolle?
Entschlossen zog sie sich an, sammelte
ihre Unterlagen zusammen und rannte fast
zur Tür.
„Ich wollte einen Neuanfang mit dir und
hatte das Gefühl, dass du es auch willst",
sagte Mark leise.
„Doch wohin würde das führen?", dachte
Julia nochmals, als sie mit dem Aufzug
hinab fuhr und wie sollte sich ihre weitere
Zusammenarbeit entwickeln? Und was

sollte sie Robert sagen? Einen Augenblick
hatte sie wieder in der Vergangenheit
gelebt.
Sie straffte sich. Mark würde sich jetzt von
ihr fernhalten, dachte sie.
Doch noch gab er nicht auf. Er sandte ihr
auch weiterhin immer wieder kleine
Aufmerksamkeiten.
Sie jedoch gab sich wieder distanziert,
bemüht sich auf die Zusammenarbeit im
Krankenhaus zu beschränken.

Mark hatte Julia in Markus Zimmer gehen
sehen. Er wusste um ihr Sorgenkind.
Langsam öffnete er die Tür. Er war bisher
noch nicht in diesen Teil des
Krankenhauses gekommen.
Eine junge Frau saß am Bett, mit dem
Rücken zur Tür gewandt und schluchzte
leise. Dann drehten sich beide Frauen zur
Tür, um zu sehen, wer da ins Zimmer trat.

Julia bat Mark, Markus zu untersuchen, um
mit ihm zusammen die weiteren Schritte zu
überprüfen.
Fünf Jahre schrumpften zusammen, fünf
lange Jahre, als Marianne Mark ansah. Sie
starrte ihn mit weitgeöffneten Augen an.
Auch Mark räusperte sich verlegen
Dann schaute er auf Markus, der bleich
und an Schläuchen angebunden in seinem
Bett lag.
„Du hast einen Sohn?", fragte er verblüfft.
Nein so sollte es nicht sein. Sie hatte ihre
Gefühle im Griff, denn sie hatte für sich
und Markus ein Leben aufgebaut, indem
für Mark kein Platz war. Er war ihre erste
Liebe, die einzige. Sie hatte ihn nicht
gebraucht, bis jetzt, als sie ihn im
Krankenzimmer ihres Sohnes zum ersten
Mal wieder sah. Er untersuchte Mark, und
doch wusste er noch nicht, dass es auch
sein Kind war, sein Kind, das so krank war.
Sie versuchte sich zu konzentrieren, als sie
die Besorgnis in seine Augen sah. Doch als

sie näher zu ihm trat, breitete sich
Betroffenheit auf seinem Gesicht aus und
Erkenntnis. Er lächelte warm, doch dann
erfüllte ihn Entsetzen, als er begriff, dass
sie Markus Mutter war, dieses kleinen, ach
so tapferen Jungen. Er musterte sie besorgt
und sagte:
„Ich hole dir einen Kaffee, bevor du in
Ohnmacht fällst. Mit Milch und ohne
Zucker, richtig?"
Sie nickte fast willenlos und setzte sich auf
den Stuhl an das Bett ihres Sohnes, sodass
sie zwischen Markus und Mark saß, als
wolle sie ihren Sohn beschützen und
wusste doch genau, dass sie die Hilfe von
Mark brauchte.
Mark sah sie fragend an. „Ich muss mit dir
reden", sagte sie tonlos.
Sie gingen zusammen in sein Büro.
„Du hast einen Sohn?", fragte er nochmals.
„Ja, er ist gerade fünf Jahre alt geworden,
hat Leukämie und wir suchen einen
Knochenmarkspender. Ich habe lange mit

mir gekämpft, seit ich weiß, dass du hier in
der Klinik als Chefarzt tätig bist, aber
Markus darf nicht sterben, denn er ist auch
dein Sohn."

Erschöpft schwieg sie. Mark rechnet kurz
zurück.

„Verdammt, warum weiß ich davon nichts,
nichts von ihm?", regte er sich auf.

Unglauben, Schock und Verwirrung
zeichneten sich nach einander in seinen
Zügen ab.

„Mein Sohn", sagte er sanft. „Meine Güte,
was hast du dir dabei gedacht, mir so etwas
Wichtiges zu verschweigen."

„Welchen Unterschied hätte es denn
gemacht?"

„Wann hast du es erfahren?"

„Nachdem wir uns getrennt hatten und du
spurlos verschwunden warst."

Langsam trat er auf sie zu, nahm sie in
seine Arme. Liebevoll schaute er sie an. Als
sie in seine Augen sah, wusste sie, dass

alles gut werden würde. Er würde ihr Kind
nicht sterben lassen.

Sie gingen zurück ins Kinderzimmer, wo
Markus sie mit großen Augen betrachtete.

Es fiel ihr nicht leicht, Markus zu gestehen,
dass Mark sein Vater war.

Markus schaute ihn prüfend an, aber dann
fand er es super toll, einen Arzt zum Vater
zu haben.

„Machst du mich jetzt ganz gesund?",
fragte er. „Damit meine Mami nicht mehr
so viel weinen muss", setzte er altklug
hinzu.

Schmunzelnd nahm Mark ihn in die Arme.

„Ja, wir werden alles tun, damit du wieder
gesund wirst und keine Zeit mehr
verlieren."

Julia sah erstaunt von einem zum anderen.
Was ging hier vor? Woher kannten sich die
beiden? Plötzlich durchlief sie ein Schauer.
Marianne war der Grund, warum Mark sie
verlassen hatte, damals vor fünf Jahren.

Marianne war Schwesternhelferin, noch in
der Ausbildung. Sie himmelte, wie alle
Schülerinnen, Mark an und er wurde ihr
zum Verhängnis mit seinem Charme.

Mark war inzwischen klar geworden, dass
er Julia nur besitzen wollte, weil er sie
keinem anderen überlassen wollte.
Gekränkter Stolz? Sehr wahrscheinlich. Er
bat sie in sein Zimmer.
„Ich möchte mich bei dir entschuldigen.
Es sind einige wichtige Ereignisse in mein
Leben getreten."
Er beschönigte nichts. Es war, als werfe er
allen alten Ballast ab, um sich ein neues
Leben mit der Frau, die er immer geliebt
hatte und seinem Sohn aufzubauen.
Nun begriff er auch Julia, die mit Robert
und ihrer Tochter so glücklich war und
begriff sich nicht mehr, dass er das alles
zerstören wollte.

Julia freute sich darüber, dass sich auch bei
Mark alles zum Guten wenden würde.
„Nun müssen wir aber schnellstens alles
für die Knochenmarktransplantion
vorbereiten, damit der kleine Markus bald
wieder herumtollen kann."
Mark und Marianne heirateten und Markus
wuchs zu einem gesunden, munteren und
fröhlichem Kind heran.

Der Klinikalltag holte Julia wieder ein. Sie
würde Robert alles erzählen. Heute Abend.
Denn Robert nahm Julia in den Arm, wenn
sie wieder einmal deprimiert aus dem
Krankenhaus kam. Wenn sie wieder einmal
nicht helfen konnte und ein Kind länger im
Krankenhaus bleiben musste. Doch auch
die vielen kleinen Erfolge teilte er mit ihr.

Sie kuschelte sich auf die große Couch und
bat Robert: „Nimm mich ganz fest in den
Arm."

Robert sah sie fragend an. Und Julia
erzählte von Mark, von ihrer Liebe zu ihm
als Assistenzärztin und wie er sie verlassen
hatte. Von ihrem Erstaunen, als er sich als
Chefarzt beworben hatte. Von Markus, der
wie durch ein Wunder durch das
Knochenmark von Mark, seinem Vater
gerettet werden konnte.

Mittlerweile hatte auch Robert Mark und
seine Familie kennengelernt und wusste,
dass Julia endlich die Vergangenheit ruhen
lassen konnte.

„Ich habe erfahren, dass ich nur dich liebe
und bin unendlich dankbar für deine Liebe.
Ich dachte, ich könne nach dem Verlust
von Mark nie wieder jemanden so lieben,
bis ich dich kennengelernt habe", sagte
Julia zu Robert.
Robert nahm sie liebevoll in den Arm und
küsste sie zärtlich. Er hob sie hoch und
trug sie ins Schlafzimmer. Er zog sie

schnell aus und entledigte sich seiner Kleidung. Sie liebten sich wild und leidenschaftlich und wussten, dass sie noch immer zusammengehörten.

Carina wuchs inzwischen zu einem fröhlichen Kind heran. Geliebt und behütet von ihren Eltern.

Ein großes Grillfest war am Wochenende angesagt. Es würden Unmengen von Steaks und Koteletts gebrutzelt und gebackene Kartoffeln dazu gereicht. Wein und Bier gehörten selbstverständlich auch dazu. Alexander und Helen, Julias Mutter und Roberts Eltern hatten ihr Kommen zugesagt. Ebenso Petra mit ihrem Mann und Tom. Julia freute sich, dass ihre Familien einmal wieder zusammen kommen würden.
Bis zur Geburt ihres zweiten Kindes waren es nur noch einige wenige Tage.

Leise löste sich Julia von Robert. Sie
schaute in seine entspannten Züge. Das
Harr hing ihm wirr um den Kopf. Sie zog
ihren seidenen Morgenmantel über, trat an
die Terrassierter und schaute in den
erwachenden Morgen. Die Sonne ging
schon über dem Fluss auf. Julia lächelte, als
sie daran dachte, wie sie sich in der Nacht
geliebt hatten. Wie verliebt sie immer noch
ineinander waren. Sie setzte sich in ihren
großen Ohrensessel und spürte einen
kleinen Stoß. Sie war wieder schwanger.
Bald würde Carina ein Schwesterchen
bekommen. Sie war schon jetzt ganz die
große Schwester und konnte es kaum
erwarten.
Es waren wunderschöne Jahre mit Robert,
wenn auch mit einigen Schwierigkeiten
verbunden. Doch ihre Liebe war stärker.
Die Wehen setzten jetzt regelmäßiger ein
und sie weckte Robert. Aufgeregt fuhr er
sie ins Krankenhaus. Wieder blieb er bei

Julia und hielt ihre Hand und staunte über
das Wunder der Geburt.
Helen gratulierte zu einem gesunden
Mädchen.
„Jetzt habe ich drei Frauen im Haus",
freute sich Robert und küsste Julia und die
kleine Maria zärtlich.
Sobald Julia in ihrem Zimmer lag, durfte
auch Carina ihre kleine Schwester
begrüßen. Sie schaute ihr andächtig ins
Gesicht und wagte nicht die kleinen
Händchen anzufassen.
„Wann kann ich denn mit ihr spielen?",
fragte sie hoffnungsvoll und alle lachten.

Robert und Julia kümmerten sich liebevoll
um ihre beiden Kinder. Sie stellten ein
Kindermädchen ein, welches sie in ihrer
Abwesenheit betreute. Robert hatte nicht
vergessen, wie weh es ihm in seiner
Kindheit tat, dass sich seine Eltern nicht
um ihn und seine Schwester kümmerten.

Julia nahm auch jetzt ihre Arbeit als
Kinderärztin wieder auf. Sie wusste ihre
Kinder bei Robert, wenn es seine Zeit
erlaubte und auch bei ihrer Mutter in
guten Händen. Die schönste Zeit war
jedoch, wenn sie abends ihren Kindern
vorlesen konnte. Sie schaute in die
glänzenden Augen, die vor Übermüdung
zufallen wollten und die doch wissbegierig
die Geschichte weiter hören wollten. Nach
einem Gutenachtkuss deckte sie sie zu und
verließ leise das Kinderzimmer. Carina war
jetzt sechs Jahre alt. Sie würde eingeschult
werden, Maria zwei Jahre.

Julia übte ihren Dienst als Kinderärztin
weiterhin aus. Bei ihrer Familie holte sie
sich immer wieder Kraft, wenn es einmal
zu schwer im Krankenhaus wurde, sie eines
der Kinder nicht so schnell heilen konnte,
wie sie wollte.
Robert verwöhnte sie und die Kinder, er
war immer für sie da.

Julia war wieder schwanger. Der kleine
Jochen wurde geboren.
Robert war überglücklich. Genau wie Julia
hatte er sich immer eine große Familie
gewünscht.
Der Tennisplatz war immer noch der
Lieblingsaufenthalt der Familie. Hier trafen
sie sich auch weiterhin. Sie hatten viel
Spaß, wenn Carina schon wie ein kleiner
Profi den Tennisschläger in der Hand hielt.

Ein großes Fest stand bevor. Carina würde
in acht Tagen heiraten.
Wie ein Blitz, völlig unvorbereitet trafen
Julia und Robert die Diagnose – Krebs - .
Bei einer Vorsorgeuntersuchung wurde bei
Robert ein Blasenkrebs festgestellt. Nach
der Spiegelung von Harnröhre und Blase
nahm der Arzt Gewebeproben aus
verschiedenen, verdächtigen Bezirken der
Blase, um diese dann zu analysieren. Mit
einem Ultraschall untersuchte er die

ableitenden Harnwege mit einem
Kontrastmittel. Sollte der Krebs bereits in
die Muskelschicht vorgedrungen sein,
würde sich der Arzt über die Ausbreitung
des Tumors Gewissheit verschaffen. Es
musste eine Computertomografie des
Bauchraums und Röntgen der Lunge
vorgenommen werden. Bei Robert war der
Tumor eingeschlossen in der Blase. Es gab
keine Anzeichen von Tochtergeschwülsten.
Er sollte sofort operiert werden.
Robert jedoch entschied sich, zuerst die
Hochzeit seiner Tochter mitzufeiern. Es
war ein traumhaftes Ereignis. Er erinnerte
sich an seine eigene Hochzeit mit Julia.
Doch der Termin seiner Operation rückte
unaufhaltsam näher. Julia wich nicht von
seiner Seite.
Es wurde ein gutartiger Tumor festgestellt.
Julia war erleichtert.
Robert nahm zwischendurch seine Arbeit
in der Kanzlei wieder auf.

Doch wieder hatte Robert Schmerzen. Ein neuer Termin wurde festgelegt. Bei dieser Untersuchung wurde ein bösartiger Befund festgestellt.

Bösartig, gutartig, alles zusammen in einer Blase? Der Arzt konnte sich das Ganze nicht erklären. So ging es jedoch noch eine ganze Weile. Bei jeder Untersuchung kam ein anderes Ergebnis zustande.

Julia brach fast zusammen, wusste jedoch, dass sie stark sein musste, stark für Robert und ihre Kinder.

Robert nahm seine Tätigkeit als Steuerberater zwischen den einzelnen Untersuchungen und Krankenaufenthalten immer wieder auf. Doch plötzlich ging es nicht mehr. Robert hatte furchtbare Schmerzen.

Julia beriet sich mit Mark. „Was soll ich nur machen?" Verzweiflung lag in ihrer Stimme.

Bei Mark konnte sie sich gehen lassen, war er ihr doch in dieser Zeit ein guter Freund

geworden. Julia holte den Rat eines
Spezialisten ein. Dieser riet zu einer
Operation und erklärte Robert und Julia
den gesamten Vorgang.
„Ich möchte nichts beschönigen, es wird
eine lange Operation werden, denn es
muss die gesamte Blase entfernt und durch
eine neue ersetzt werden. Wir werden die
Blase aus dem Dünndarm, der dann ein
wenig kürzer wird, formen."
Julia, selbst Ärztin, wusste welche schwere
Entscheidung auf ihnen lastete. Robert
würde eine etwa sechsstündige Operation
überstehen müssen. Doch es war die einzig
richtige Entscheidung, wenn Robert weiter
leben wollte.
Der große Tag rückte heran. Robert war in
der Klinik und wurde für die Operation
vorbereitet. Mark würde assistieren. Julia
allerdings durfte nur durch die Scheibe die
Operation verfolgen. Tränen verdunkelten
immer wieder ihren Blick. Helen trat zu
ihr, nahm sie in den Arm und versuchte zu

trösten. Der Zeiger der Uhr schlich
unheimlich langsam voran.
Endlich war die Operation vorbei und
Robert kam auf die Intensivstation. Julia
wich nicht von seiner Seite, um da zu sein,
wenn er aufwachte. Ihre Kinder wusste sie
in guter Obhut ihrer Mutter. Robert schlug
langsam die Augen auf und schaute sofort
in die tränenverhangenen Augen Julias. Ein
scheues Lächeln erschien auf ihrem
Gesicht und er versuchte es zu erwidern.
Doch die Müdigkeit übermannte ihn
erneut. Julia wusste, dass die Operation
nach menschlichem Ermessen erfolgreich
war doch sie wusste auch, dass es noch
sehr lange dauern würde, bis Robert wieder
vollständig gesund sein würde.
Jetzt machte sich auch bei ihr die
Müdigkeit bemerkbar. Sie legte den Kopf
auf Roberts Bett und schlief fast
augenblicklich ein, wurde jedoch immer
wieder durch eine Bewegung Roberts
geweckt. Am anderen Tag kam Robert

dann in ein Einzelzimmer, wo sich die Familie immer wieder abwechselnd um ihn kümmern konnte.

Julia nahm ihre gewohnte Tätigkeit wieder auf. Sie schaute so oft sie konnte nach Robert, doch auch ihre kleinen Patienten durfte sie nicht vernachlässigen.

Um sich abzulenken, verbrachte sie den Vormittag damit, Brownies zu backen. Der Duft nach Vanille und Schokolade hob ihre Stimmung. Als sie dann ins Krankenhaus ging, fühlte sie sich schon besser.

„Was weißt du über Chaonalatresie?", fragte Mark sie.

„Ein Verschluss der hintern Nasenöffnung", erwiderte Julia.

„Es wurde ein vier Monate altes Mädchen eingeliefert. Bei ihr ist nur ein Nasengang blockiert", erklärte Mark.

„Kannst du bitte die Eltern beruhigen, die sind ziemlich geschockt", bat er. Als sie das

Zimmer betraten, war Julia umfassend
informiert.

„Was für ein süßes Kind.“

Julia streichelte die Wange des Mädchens.
Zu den Eltern gewandt sagte sie:

„Sie machen sich sicher große Sorgen
wegen der Operation. Die Nasengänge
ihres Kindes sind so verengt, dass es nicht
richtig atmen kann. Babys können aber erst
mit etwa einem halben Jahr durch den
Mund atmen.“

„Wird mein Kinde wieder gesund?“, fragte
die besorgte Mutter.

„Ja, die Operation dauert etwa eine Stunde
und sie können hier oder in der Cafeteria
warten. Wir holen Sie dann sofort und sie
können ihr kleines Mädchen in den Arm
nehmen und mit ihr kuscheln. Sie wird
aber noch an einigen Monitoren
angeschlossen sein“, so die Ausführungen
Julias.

„Aber sie wird wieder gesund, ja?“

„Ja, sie wird ganz normal aufwachen",
erklärte Mark.
„Sie werden merken, dass sie ihr Baby
besser füttern können, wenn es wieder
normal atmen kann."
„Sie ist so winzig, und ich dachte, ich
mache etwas falsch", schluchzte die junge
Mutter auf. „Meine Freundinnen sagen,
dass ich meine Tochter schon längst hätte
abstillen sollen. Das sie deshalb nicht
wächst und nachts nicht richtig
durchschläft."
„Unsinn", sagte Mark. „Kinder sollten so
lange wie möglich gestillt werden, aber ihre
Tochter hatte Schwierigkeiten zu trinken,
weil sie nicht atmen konnte und musste so
Schwerstarbeit leisten."
Die Tränen versiegten langsam und ihr
Mann nahm sie liebevoll in die Arme.
„Vielen Dank Ihnen beiden."
Er drückte nur stumm die Hände von Julia
und Mark. Für diese Augenblicke lebte
Julia.

Doch was geschah mit Robert? Er zog sich
immer weiter zurück. Kein liebevoller
Blick, kein zärtlicher Kuss. Er nahm Julia
nicht in den Arm und drehte sich um,
wenn sie ihn umarmen wollte. Er wies sie
zurück, wurde Julia schmerzlich bewusst.
Dabei war doch alles in Ordnung. Robert
lebte und war gesund. Warum dann diese
körperliche Zurückweisung? Wenn Julia
mit ihm sprechen wollte, drehte er sich um
und ging, ging einfach weg. Dachte er denn
gar nicht mehr an die wundervollen Jahre,
an schöne und auch weniger angenehme
Zeiten, die sie gemeinsam durchgestanden
hatten, sich immer ihrer Liebe zueinander
bewusst. Julia wollte ihm Zeit lassen, doch
die Abweisung zehrte an ihr. Sie wusste
nicht mehr ein und aus. Nur Mark war wie
immer an ihrer Seite. An seiner Schulter
konnte sie sich gehen lassen und
ausweinen.

Mark nahm sie behutsam in seine starken
Arme, küsste sie auf ihre blonden Haare,
wiegte sie wie ein kleines Kind und wagte
sich weiter. Küsste sie zuerst nur zögernd.
Julia öffnete leicht ihre Lippen, so dass er
das Spiel seiner Lippen fortsetzten konnte.
Seine Zunge erforschte ihren Mund, den er
doch so gut kannte. Erregung breitete sich
in ihm aus. Er zog Julia fest an sich und
noch immer leistete sie keinen
Wiederstand, sondern schmiegte sich an
ihn. Sie spürte seine Erregung an ihrem
Körper und sie presste sich an ihn und
erwiderte mit ihrem Mund seine wilden
Forderungen.
Sie brauchte ihn. Wie sehr es sie auch
ängstigte, für den Moment durchströmte
dieses Wissen sie wie Wein. Sie stöhnte, als
er mit den Lippen über ihren Hals strich.
Das Hämmern ihres Pulses erhitzte den
Duft, den sie an ihren Hals getupft hatte.
Stöhnend fuhren seine Hände unter ihren
Kittel. Sie bog sich zurück, als er ihre

Brüste umfasste. Sie klammerte sich an
ihm fest, als ihre Beine nachgaben. Ohne
nachzudenken umschlang sie ihn, tauchte
in einen tiefen, intimen Kuss, der beide
schwanken ließ. Sie zerrte an seinem
Hemd, um ihn so zu berühren, wie er sie
berührte. Unsicher stieß sie gegen den
Schreibtisch und schüttelte plötzlich den
Kopf.

„Das war ein Fehler." Sie brachte die
Worte nur langsam heraus.

„Ich will mich auf nichts einlassen."

„Findest du nicht, dass es bereits zu spät
ist?", fragte Mark. Er hob die Hand.

„Willst du mir damit sagen, dass du gar
nicht mehr für mich empfindest?"

Sie schüttelte den Kopf.

„Es wäre dumm von mir, zu sagen, dass
ich mich nicht zu dir hingezogen fühle. Ich
habe Angst, mich erneut in dich zu
verlieben."

Sie schritt mit schleppenden Schritten zur
Tür, hinaus zu ihren kranken Kindern, die
ihr immer wieder Trost spendeten.
Zu Hause erwartete sie nur die Frustration,
dass Robert nichts von ihr wissen wollte.
Nicht einmal Maria und Jochen konnten
sie trösten. Carina war ja schon verheiratet.
So blieb Julia immer länger im
Krankenhaus. Zu Hause vermisste sie ja
niemand.
Nur Mark. Mark war immer für sie da.
Wieder eine Blume auf ihrem Schreibtisch.
Er kochte Kaffee, wenn sie von der Visite
kam, brachte sie mit kleinen Anekdoten
zum Lachen. Sie gewöhnte sich an ihn.
Vermisste ihn sogar, wenn er einmal nicht
zur gleichen Zeit Dienst hatte.
Fragte sie ihn nach seiner Familie, winkte
er ab. Seine Augen strahlten nur, wenn er
von Markus, seinem Sohn sprach. Dieser
hatte seine schwere Krankheit für immer
besiegt.
Julia und Mark.

Sie trafen sich immer öfter, da Mark seinen
Dienst dem ihren anglich.

Mark verstand es, diese Treffen perfekt
vorzubereiten. Sie verstand es nicht, wie er
es geschafft hatte, mit einem einzigen
Telefonanruf aus dem lärmenden
Restaurant des Hotels, in dem sie gegessen
hatten, ein Zimmer zu bestellen. Es
genügte ihr zu wissen, dass er so
aufmerksam war. Bedauern schlich sich in
ihre Gedanken, Bedauern um Robert, ihre
Liebe, ihre Ehe und sie überlegte, was
schief gelaufen war.

Doch Mark ließ ihr keine Zeit zum
Grübeln. Er ging mit ihr in das
Hotelzimmer, küsste sie auf die Schulter,
bevor er ihr ein Glas Champagner
einschenkte. Ihre Knie wurden weich und
sie lehnte sich an ihn.

„Küss mich, Mark."

„Das werde ich."

Er strich mit dem Mund über ihr Gesicht,
reizte sie. Das Kleid glitt an ihr herunter.

Sie trug nur ein Mieder aus Spitze, das ihre Brüste anhob und durchscheinend bis zu den Hüften reichte. Ihre Schönheit raubte ihm wieder einmal den Atem.

„Jedes Mal wenn ich dich ansehe, verliebe ich mich erneut", flüsterte Mark.

Genauso erregt wie sie, drückte er ihr einen leidenschaftlichen Kuss auf die Lippen. Zweifaches Stöhnen, leise und aus tiefster Kehle, erfüllte den Raum. Langsam wanderten ihre Hände über seine Brust, um ihm das Hemd abzustreifen.

Er hob sie auf die Arme, eine leichte Last. Sein Blick war auf sie gerichtet, verharrte eine Weile auf der Stelle, ohne aufzuhören, sie weiter mit dem Mund zu reizen und zu locken und trug sie zum Bett. Sie fühlte jede noch so zarte Berührung, das Streicheln seiner Fingerspitze, die ungeduldige Forderung seiner Lippen. Ein lautloses, hilfloses Stöhnen entrang sich ihrer Kehle, als er mit den Lippen über die Rundungen ihrer Brüste fuhr. Aufreizend langsam ließ er seine Zunge über die feine Spitze streichend, verwöhnte ihre Knospe. Seine Finger glitten ganz leicht unter den zarten Stoff ihres Slips.

„Ich will dich, Robert, ich will dich so sehr."

Mark zuckte zurück. Julia lag in seinen Armen, doch sie sehnte sich nach Robert.

Julia lag schwach auf dem Bett. Sie schaffte es, die Augen zu öffnen. Marks enttäuschter Blick hielt ihren gefangen. Sein Gesicht war nah bei ihr. Er stand auf und holte ihre Gläser und brachte auch Champagner mit. Ein tiefer Schluck und er hatte sich gefangen.

„Es tut mir leid. Aber ich kann das nicht", wisperte Julia vom Bett her. Sie stand auf, zog sich verlegen an und bat: „Bring mich bitte nach Hause."

„Komm, lass uns zusammenziehen."

Mit diesen Worten überraschte Mark eines Tages Julia.

„Maria, Jochen und Markus verstehen sich
prächtig. Du fühlst dich in einer Ehe
gefangen, die keine mehr ist, und mir geht
es genauso. Wir sind wohl doch für
einander bestimmt", beendete Mark seine
Worte lächelnd. Verführerisch fuhren seine
Lippen über ihren Mund.

Ja, was hatte sie eigentlich zu verlieren.
Robert gehörte ihr schon lange nicht mehr.
Er lehnte auch weiterhin Gemeinsamkeiten
ab. Verkroch sich in seiner Kanzlei, schien
nicht einmal zu bemerken, wie sie ihm
immer weiter entglitt. Verschloss einfach
die Augen. Auch die Kinder schienen ihn
nicht zu interessieren. Sie kamen nicht
mehr an ihren Vater heran.
Mark war der erste Mann in ihrem Leben.
Sicher, er hatte sie kurz vor der Hochzeit
verlassen. Doch seit er wieder da war, war
er ihr ein verlässlicher Freund.
Doch da war noch Robert, den sie immer
noch liebte. Sie hatten doch schon so vieles

in ihrem Leben gemeinsam ausgestanden.
In guten wie in schlechten Tagen, hörte sie
sich wieder an ihrer Hochzeit sagen.
Geduldig wartete Mark auf ihre Antwort.
Inzwischen hatte er schon ein kleines Haus
am Fluss ausfindig gemacht. Es gefiel auch
Julia und den Kindern. Maria und Jochen
fragten jedoch auch nach ihrem Vater und
warum sie nicht bei ihm bleiben konnten.
„Lasst ihr euch jetzt auch scheiden?",
fragte Jochen Julia „Wie so viele Eltern
von meinen Freunden?"
Bekümmert schaute er seine Mutter an.
Julia drehte sich um. Sie konnte Jochen
nicht in die Augen sehen. Doch belügen
wollte sie ihn auch nicht.
„Ich weiß es nicht", erwiderte sie leise.

Julia hatte sich entschieden. Sie wollte mit
Mark und den Kindern in dem neuen Haus
am Fluss leben.

Robert resignierte. Bekümmert stellte er
fest, dass Julia, seine Julia, ihm immer
weiter entglitt. Wie nur konnte es soweit
kommen, wie sollte er sie aufhalten, wie
seine Ehe, seine Familie retten.
Er liebte Julia noch immer und verstand,
dass er sie nicht gehen lassen sollte. Sie
sollte nicht ausziehen, nicht zu Mark, nicht
mit seinen Kindern.

Julia erschrak. Wo war ihr Kampfgeist? Sie
hatte schon einmal um ihre Ehe gekämpft
und gewonnen. Was also sollte ihr
wehleidiges Getue? Dachte sie denn nicht
wenigstens daran, ihren Kindern die
Familie zu erhalten?
„Ich kann es nicht", verkündete Julia.
„Wie bitte?"
„Ich kann nicht mit dir zusammenziehen."
Sie begann zu zittern, als Mark sie entsetzt
betrachtete.
„Aber ich habe schon das Haus für uns
ausgesucht. Was soll ich bloß tun?"

Mark riss sich zusammen.
„Du musst nichts tun, was du nicht tun
willst, aber erzähl mir, warum so plötzlich?
Warum?
„Das ist schwierig, aber ich liebe Robert
immer noch", versuchte Julia ihm zu
erklären.

Sie fuhr nach Hause. Nach Hause zu
Robert und den Kindern.

Robert hatte überall Kerzen aufgestellt.
Der Tisch war festlich gedeckt und er hatte
– gekocht. Spaghetti mit Tomatensauce,
Knoblauchbrot und zum Nachtisch –
Erdbeeren mit Schlagsahen – wie beim
ersten Mal in seiner Wohnung.
Gerührt schaute Julia ihn an.
Robert, Maria und Jochen blickten sie
erwartungsvoll an. Es war überwältigend.
Langsam kam Robert Julia entgegen,
seinen Blick schuldbewusst auf sie

gerichtet. Er breitete die Arme aus, um sie
liebevoll zu empfangen.

„Ich kann nicht aufhören, dich zu lieben",
brach es aus ihm heraus.

„Ich bitte dich mir zu verzeihen und
wieder zu vertrauen. Ich brauche dich so
sehr, dass es wehtut."

Schmerzerfüllt blickte sie ihn an.

„Es tut mir leid", wisperte sie.

Doch nach einem Blick auf Robert, dessen
Augen sie vertrauensvoll anblickten und in
die strahlenden Gesichter ihrer Kinder,
und sie wusste, dass sie endlich wieder zu
Hause angekommen war.

„Küss mich doch endlich. Wir haben
genug geredet."

Sie fand seinen Mund und hörte ihn vor
Erleichterung aufseufzen.

„Ich liebe dich."

Er ließ tausend Küsse auf ihr Gesicht
regnen.

„Es wird kein Tag mehr vergehen, an dem
ich dir das nicht sage. Ich liebe dich."

„Küss mich richtig", flüsterte sie und
versuchte, seine umherschweifenden
Lippen festzuhalten.
Er zog sie an sich und verlor sich in ihrem
Kuss. Sie war die Seine – endlich wieder.
Sie gehörte zu ihm und den Kindern.
„Mein Gott, wie habe ich nur diese ganze
Zeit ohne dich leben können? Nein, ich
habe gar nicht gelebt", beantwortete er
seine Frage selbst.
„Ich habe gerade damit wieder
angefangen."
Er küsste Julia stürmisch und
hingebungsvoll. Dann schob er sie ein
wenig von sich und sah sie eindringlich an.
„Das möchte ich nie wieder erleben", und
sah sie leidenschaftlich an.

Beinahe hätte Julia gekichert, weil sie
Robert noch nie so verlegen erlebt hatte.
Im Türrahmen blieb sie stehen und besah
sich ihr Schlafzimmer. Überall standen
üppige Blumenarrangements aus weißen

Blüten und dutzende kleine Kerzen
spendeten ein romantisches Licht.
„Wie schön", flüsterte sie.
„Das hast du dir alles einfallen lassen?"
„Ich wollte, dass diese Nacht für uns etwas
Besonderes wird."
Verliebt trug er sie über die Schwelle.
„Lass uns anstoßen", sagte Robert,
entkorkte eine Champagnerflasche und
füllte zwei langstielige Sektflöten.
„Ich liebe dich", sagte er.
„Ich habe dir sehr wehgetan und möchte
mich bei dir entschuldigen."
Im flackenden Kerzenlicht sah sie die
tiefen Gefühle, die in seinen Augen
geschrieben standen.
„Ich habe dich immer geliebt, doch es war
mir im Augenblick nicht mehr klar. Ich
habe mich selbst belogen. Ich habe mich
jeden Morgen, an dem ich nicht mehr
neben dir aufgewacht bin, nach dir
gesehnt. Ich wusste, dass ich dich nie mehr
verlieren wollte, weil ich jeden Tag meines

Lebens mit dir verbringen will, mit dir und
den Kindern."
Tränen stiegen in Julias wundervollen
blauen Augen auf. Im selben Augenblick
verflog der Groll all der vergangenen
Wochen. Sie hatten sich wiedergefunden.
Das überwältigende Gefühl, dass er sie
wirklich immer noch liebte, füllte ihr Herz
fast zum Überquellen.

Robert nahm Julias Gesicht in beide
Hände. Er streifte ihr das Kleid ab und sie
stand im BH und Slip aus zarter Seite vor
ihm.
„Mir gefällt, was du darunter trägst. Aber
noch besser gefällst du mir nackt und nach
einer Weile der Enthaltsamkeit brenne ich
vor Verlangen."
Er hob sie hoch und legte sie behutsam
aufs Bett.
„Ich will, dass diese Nacht zu etwas
Besonderem wird", flüsterte Julia und
strich mit einer Hand über seine Brust.

„Wir haben so viel Zeit verloren", seufzte
sie.

„Und dabei habe ich ganz vergessen, dir zu
sagen, dass auch ich dich immer noch
liebe."

Julia schaute auf das Blumenmeer zu ihren
Füßen und lächelte glücklich. Sie schaute
zu Robert auf, verzaubert von der
Zärtlichkeit, die in seinen schönen Augen
lag.

„Ich habe dich so vermisst", flüsterte er
plötzlich, „doch jetzt wird es ewig halten",
beendete er den Satz.

„Nicht mehr reden."

Sein Atem streifte ihre Wangen, als er den
Kopf neigte.

Er blickte in ihre wunderschönen Augen
und sie hörte buchstäblich auf zu atmen,
da sein herbes Aftershave ihre Sinne
betörte. Er sah so umwerfend aus, dass die
pure Kraft seiner Attraktivität sie
überwältigte. Seine Lippen berührten ihre
Mundwinkel. Ein zarter, verführerischer

Kuss, ihr Verstand setzt aus und sie
überließ ihren Körper ganz dem herrlichen
Gefühl. Sie wollte ihn so sehr, dass es sie
fast schon schmerzte. Mit drängendem
Verlangen eroberte sein Mund ihre Lippen.
Ihre Zungenspitze fand die seine, und bald
erforschte er ihren Mund in einem innigen
Kuss, der sie schwindeln machte. Ohne
den Kuss zu unterbrechen, schaffte er es,
sein Jackett abzustreifen. Sie zerrte an
seinem Krawattenknoten, bis dieser
nachgab und nestelte an den Knöpfen
seines Hemdes.
All dies geschah rein instinktiv und doch
so vertraut, dass sie zitterte. Sie musste sich
an ihm festhalten. Das Herz hämmerte ihr
in der Brust. Sie spürte ein geradezu
schmerzliches Verlangen. Er legte sich zu
ihr und sie spürte seine hart aufgerichtete
Männlichkeit.
„Ich will dich so sehr", murmelte Robert.
„Ich dich auch", gestand Julia.

Ihr Körper glühte vor unkontrollierbarer Lust. Auch Robert spürte eine unbeschreibliche erwartungsvolle Erregung. Er ließ die Hand über ihren Rücken gleiten, um den Verschluss ihres BHs zu öffnen. Dabei schaute er in ihre blauen Augen, die wie dunkle Edelsteine leuchteten.

„Wieso hast du immer noch diese Wirkung auf mich?", fragte er rau.

Sein Blick fiel auf ihre nackten Brüste, deren aufgerichteten Knospen er in den Mund nahm. Er saugte erst zärtlich, dann fest daran, denn er wusste, wie empfindlich sie an dieser Stelle war. Sie wehrte sich nicht und er liebkoste die Spitzen ihrer herrlichen Brüste, bis Julia vor süßer, quälender Lust lauf aufstöhnte. Er wanderte mit einer Hand langsam über ihren Bauch, bis er das Bündchen ihres Slips erreichte. Behutsam schob er die Hand darunter und fand kurz darauf das Zentrum ihrer Lust. Als er sie dort zu

streicheln begann, schloss sie die Augen.
Er küsste sie leidenschaftlich und intensiv,
entfernte noch das letzte Kleidungsstück
und zog mit den Lippen eine sengende
Spur über ihren Bauch. Sie erzitterte, als er
den Weg weiter nach unten beschrieb.
Endlich fand sein Mund ihre heiße
Weiblichkeit, und er verwöhnte ihre weiche
Spalte, bis sie laut aufstöhnte und ihm die
Hüften in lustvoller Erwartung entgegen
hob. Bald überließ sie sich ganz dem süßen
Gefühl. Ihr Atem ging stoßweise. Hilflos
bäumte sich ihr Körper auf, sie wollte ihn,
brauchte ihn. So sehr. Schließlich konnte
sie nicht mehr länger an sich halten und
ergab sich dem intensiven Höhepunkt der
Lust. Nur langsam ebbte das ekstatische
Zucken ihres Körpers ab.
Julia schaute in Roberts Augen. Er senkte
den Kopf und küsste sie. Ihre Zungen
vereinigten sich erneut, und die
Leidenschaft dieses Kusses ließ sie
erbeben. Schnell legte Robert ihre Beine

über seine Schultern und war mit einen geschickten Stoß in ihr. Himmel wie gut er sich anfühlt, dachte sie. Jetzt wechselte er die Position und stieß so fest und schnell in sie, dass ihr Herz wild klopfte. Unter seinen geschickten Stößen bäumte sie sich auf, spürte die immer stärker werdende Hitze. Er pulsierte in ihr und stöhnte ebenfalls laut, als der zweite heftige Orgasmus sie schüttelte. Nachdem sie sich einigermaßen von dem herrlichen Gefühl der puren Lust erholt hatte, zitterte sie. Robert hielt sie noch immer in seinen Armen und streichelte zärtlich ihren Bauch, während seine Lippen ihre Wangen berührten.

„Du bist einfach wundervoll", bemerkte er leise.

„Eine bemerkenswerte Frau, meine Frau." Julia fühlte sich wieder so innig mit Robert verbunden, wie nie zuvor.

Epilog:

Das prasselnde Kaminfeuer verbreitete
eine gemütliche Wärme im Kaminzimmer.
Draußen schneite es immer weiter. Julia
legte ein letztes Geschenk unter den
Weihnachtsbaum und trat dann einen
Schritt zurück, um ihn zu bewundern.
Heute würde wieder ein
Weihnachtsfamilienfest gefeiert. Wie hatte
sie nur dieses Jahr leben könne, ohne
Robert, ohne die Kinder. Endlich waren sie
wieder alle zusammen.
Sie beugte sich vor und wog ein Päckchen
mit ihrem Namen in der Hand.
„Ha, jetzt habe ich dich beim Mogeln
ertappt", hörte sie Roberts Stimme hinter
sich und richtete sich schnell auf.
„Keineswegs."
Sie wartete bis er den Raum durchquert
und seine Arme um sie geschlungen hatte.

„Ich habe nur getastet. Tasten ist nicht
mogeln. Tasten ist erlaubt.“
Er schob Julia von sich, um sie anzusehen.
Sie strahlte.
„Ich liebe dich, Julia.“ Er küsste sie
zärtlich.
„Und ich bin stolz auf dich.“
„Warum?“
„Weil du Kinderärztin bist, eine Familie
managst und uns ein gemütliches Heim
bereitest.
Du bist eine bemerkenswerte Frau!“
„Das habe ich natürlich alles allein zu
Wege gebracht“, lachte sie und nahm sein
Gesicht in beide Hände.
„Robert, du bist schrecklich lieb. Ich bin
verrückt nach dir.“
Sie zog ihn an sich, bis sich ihre Lippen
trafen. Sekunden später waren sie in einem
heißen Kuss versunken. Zärtliche Gefühle
und wilde Leidenschaft verschmolzen
miteinander.
„Es schneit“, murmelte Robert.

„Ja, das habe ich gesehen."
Julia seufzte leise, als seine Lippen über
ihren Hals strichen.
„Wir haben genügend Holz. Und Wein im
Keller."
Begierde stieg in ihm auf. Ihr Verlangen
nacheinander schien nie nachzulassen. Er
schob seine Hände unter ihre Bluse und
streichelte ihren Rücken.
„Erinnerst du dich noch, was wir uns vor
einem Jahr an Weihnachten ausgemalt
haben?"
„Eingeschneit zu sein", flüsterte sie leise.
„Nur wir beide."
„Hoffentlich kommen alle unsere Gäste
sicher durch den Schnee", bemerkte sie
aufseufzend.
Der Cockerspaniel kam kläffend ins
Zimmer gestürmt, gefolgt von Maria und
Jochen.
„Renn, so lange du es noch kannst", dachte
Julia und legte lächelnd ihren Kopf an
Roberts Schulter. Robert hatte nicht

vergessen, dass er als Kind sich immer einen Hund gewünscht hatte. Die Kinder wurden immer ausgelassener und tobten mit dem Hund um die Wette. Julia wollte sich mit ihnen herumbalgen.

„Ich muss dir noch etwas sagen", und schenkte Robert ihr unschuldigstes Lächeln.
Robert sah sie verdutzt an.
„Wir werden bald noch ein Kind haben", flüsterte sie, den Mund dicht an seinem Ohr. Er verschloss ihr den Mund mit einem leidenschaftlichen Kuss.
„Wie unser viertes Kind wohl aussehen wird?", fragte Robert und strich zärtlich über Julias noch flachen Bauch.
„Ich kann die Geburt kaum abwarten", gestand er.
Ein warmes Gefühl breitete sich in Julia aus. Zunächst war sie sich nicht sicher gewesen, ob ein Baby in ihren Alltag passen würde, denn sie arbeitete immer

noch als Kinderärztin. Doch mit Robert
hatte sie den Mann an ihrer Seite, der jede
Entwicklung der Schwangerschaft
interessiert verfolgen würde. Nie würde sie
die Tränen in seine Augen vergessen, als er
das erste Ultraschallbild dieses Babys
gesehen hatte. Das Baby, das ihr Eheglück
wieder vollkommen machen würde. Das
Baby, gezeugt in ihrer immer währenden
Liebe.
„Wenn wir alle bereit sind, Kompromisse
einzugehen, wird unser Leben lebenswert
sein. Wir müssen nur einander lieben, mit
einander reden und zusammen lachen",
sagte Robert.
„Ja, so könnte es funktionieren."
Robert und Julia nutzten ihre Chance des
Neuanfangs und nutzen sie… für immer.
Lächelnd beugte sich Julia über ihn, um ihn
zu küssen.